高嶺の花の箱入り令嬢ですが、いつの間にか番犬幼馴染みに囲い込まれていました

★

ルネッタⓁブックス

CONTENTS

序章	運命を決めた日	5
第一章	三の姫と番犬	33
第二章	番犬の『番』は……	74
第三章	番の矜持	123
第四章	天国と地獄	164
第五章	女神のフェロモン	214
第六章	成就	240
終章	初めての夜	262

Lunetta

序章　運命を決めた日

首を締め付ける蝶《ちょう》ネクタイの感触に、浅葱《あさぎ》は顔を顰《しか》める。

無理やり着せられた洋服は、まるで七五三の時に着るような堅苦しいもので、ひどく着心地が悪かった。特にこの蝶ネクタイはとても煩《わずら》わしい。

この衣装は、平原《ひらはら》の家の使用人が着替えさせてくれたのだが、衣装が小さいのか、襟元が息苦しくて堪《たま》らない。サイズが小さいのだと訴えたのに、無視されてしまった。

（……お父さんの家の人たちは、僕が嫌いだから……）

浅葱は小さくため息をつく。

平原の家は嫌いだ。

父《ちち》に連れていかれるたび、皆から冷たい眼差《まなざ》しと態度を向けられて、泣きたい気持ちになる。行きたくないのに、行かなかったら母が父に叱《しか》られるから、浅葱だって仕方なく行っているだけなのだ。

（早く外したい……お家《うち》に帰りたい……）

指で蝶ネクタイを弄《もてあそ》びながら、パーティー会場を眺《なが》めた。

人が多くてうんざりする。みんな着飾ってキラキラしている。目が痛くなるほどだ。色とりどりの食事や飲み物が並べられ、煌《きら》びやかに着飾った人々が笑ったり喋《しゃべ》ったりしている。なんでも『特別な家の子どもの誕生日パーティー』らしい。

『小清水《こしみず》家のパーティーに招待されるなんて、滅多にないことだ！　我が家程度の家は女神の眼中にないと思っていたが……私にも運が回ってきたのかもしれない！　〝女神胎〟を我が家に迎え入れられるチャンスだ！』

浅葱を迎えに来た時、父は興奮ぎみにそう母に語っていたが、母は心配そうに息子の頭を撫《な》でて囁《ささや》いた。

『あさくん、いい子にしててね。そうしたら、すぐに終わって帰って来られるからね』

母は浅葱が平原の家が嫌いだと知っている。父の家には、父の奥様とその子どもたちがいるからだ。母はいわゆる二号さんと呼ばれる人で、父の本当の妻ではなく、その子どもである浅葱は本妻さんとその子どもたちに逆らってはいけないのだと教えられた。

本妻や腹違いの兄姉たちに嫌われているのに、それでも愛人の子を家に連れていこうとする父には、もちろん目論《もくろ》みがある。

（……僕が、アルファかもしれないから、手駒にしておきたいんだ）

冷めた感情でそう思ってしまうのは、父が分かりやすいアルファ信仰者だからだ。

美しい容姿に、高い身体能力、そしてずば抜けた知能──全てを兼ね備えたアルファに対して、父は子どものような憧れを抱いているのだ。

本妻の子どもはすでに第二の性が顕現《けんげん》しており、二人ともベータだった。

両親共にベータなのだから当然だ。アルファの親から生まれても、子がアルファとなる確率は十パーセントにも満たないというのに、ベータ同士の親から生まれるなんてごく稀《まれ》な話だ。

これがオメガになると、さらに可能性は低くなる。

それなのに子ども二人がベータだったことに父はとてもガッカリし、愛人との間に生まれた子どもである浅葱に、最後の望みをかけているというわけだ。

この世界には、男性、女性という性の区分の他に、アルファ、ベータ、オメガという第二の性の区分がある。

社会的階級《ヒエラルキー》のトップに君臨するのは、全てにおいて高い能力を持つアルファである。

社会において、政治家や企業の経営者といった指導者的立場にある者は、ほとんどがアルファだと言われているが、その数は大変少なく、人口の数パーセントにも満たないのだとか。

アルファに次ぐ存在であるのがベータだ。いわゆる一般的な人種であり、最も数が多いのもベータである。

そして最後のオメガは、希少種であるアルファよりもさらに数が少なく、絶滅危惧種とされている。

数や能力の違いだけならこのような区分は必要ない。

この分類において重要なのは、その生殖能力である。

アルファはその優秀さゆえか、ベータに比べて繁殖能力が非常に低い。アルファ同士、あるいはアルファとベータの組み合わせで子ができる確率は、一%にも満たないと言われている。

だがオメガとの組み合わせになると、その確率は飛躍的に上がるのである。

これはオメガの持つ『発情期《ヒート》』と呼ばれる繁殖能力が原因だ。

オメガは三ヶ月に一度ほどの周期で、体内でアルファを発情させるフェロモンを作り出す。

この時期にアルファと性行為を行えば、なんと九割に近い確率で妊娠するのだ。

この構造は、オメガがアルファとの生殖のために存在する性別である、とも捉えられる。

それを裏付けるかのように、オメガの容姿は儚《はかな》げな美貌と体つきが小柄な者が多い。これはアルファの庇護欲《ひごよく》を刺激するためだとされている。

オメガは発情期《ヒート》の期間中、フェロモンを出し続けてしまうことや、体調不良で動けなくなってしまうことから、社会に出て職に就くことは難しいとされてきた。

これらの性質から、オメガは『繁殖のための性』として、長らく蔑視されてきた歴史がある。

だが数十年前に発情期《ヒート》を抑える抑制薬が開発されたことで、彼らの社会的地位を見直す法律が制定され、環境が大きく改善された。

性教育も徹底されたことでオメガに対する理解は深まり、現在では表立ってオメガを貶《おとし》める者はほとんどいない。

それどころか、元より希少な存在であったのに、過去の虐待から『絶滅危惧種』となるまで数を減らしたオメガは保護対象とされ、社会的に守られるようになっている。

社会を率いる次代のアルファを生み出すために、オメガの存在は必須なのだから、この流れは当然だ。

そんなアルファ、ベータ、オメガという第二の性だが、生まれた時からその区分が分かるわけではなく、個人差はあるが、顕現するのはおおよそ思春期に差し掛かった頃だ。

現在十歳の浅葱はまだ第二の性が顕現していない。だが、アルファとなる子どもは概して身体能力が高く、知能指数も高いことから、顕現より前に予想できると言われている。

父によって受けさせられた数種類の知能指数テストのいずれにおいても、浅葱は非常に高い数値を叩《たた》き出し、『この子がアルファかどうかはまだ分かりませんが、その可能性は非常に高い。アルファでないとしても、〝ギフテッド〟であることは間違いないでしょう』と医者に言われたのだ。

この結果に父はすっかり舞い上がってしまい、『我が家にもとうとうアルファが生まれた！』と大はしゃぎだった。

もちろん、ベータやオメガであっても知能指数が高い子どももいるから、浅葱がアルファではない可能性もある。だが父は浅葱がアルファであるとすでに決めてかかっていて、自分の後継者に据える気でいる。

だから愛人の子である浅葱を、毎週のように本家に連れていくのだ。

浅葱にしてみれば迷惑千万な話だ。本家には自分を嫌っている本妻とその子どもがいて、浅葱にあの手この手を使って嫌がらせをしてくるのだ。当たり前だが使用人たちも本妻たちの味方であり、愛人の子である浅葱に冷たい態度を崩さない。まさに四面楚歌《しめんそか》である。そんな所に行きたい子どもがどこにいるというのか。

（……でも、僕がお父さんの言うことを聞かなきゃ、お母さんが叱《しか》られる……）

母はヴァイオリン教室の先生をしているが、教室の経営状態は芳《かんば》しくなく、父の援助がなければ成り立たないだろう。だから母は父に逆らえないのだ。

それが分かっているから、浅葱は今もこうして着心地の悪い衣装を身につけ、歳の離れた大嫌いな異母兄姉たちと一緒に立っているわけだ。

（今日はまだ、〝奥様〟が一緒じゃないだけマシか……）

いつも射殺《いころ》さんばかりの眼差《まなざ》しで見てくる奥様は、浅葱を無視するだけでなく、階段から突き落とそうとしてきたり、渡された飲み物に睡眠薬や下剤を入れたりとなかなかにスリリングな人である。

（下剤はともかく、睡眠薬はやばいよね……）

その時のことを思い出し、浅葱は顔を顰めた。

下剤を飲まされた時に学んだ浅葱は、父の家で出される飲食物には手を出さないことに決めていたが、睡眠薬の時には奥様が無理やり飲ませようとしてきたので、密かに異母兄の飲み物と自分の飲み物をすり替えたのだ。結果、異母兄の意識が朦朧《もうろう》とし始めソファに倒れ込んだことで、睡眠薬を盛られていたのだと判明した。分かった時にはゾッとしたものだ。浅葱を眠らせて何をするつもりだったのだろうか。

（できれば僕に死んでほしいと思っているんだろうな……）

子どもながらになんとなく感じ取っているのは、殺意だ。そんな恐ろしい感情を自分に向けられているのだと思うと、怖いを通り越してどこか他人事に感じてしまう。

だがそれに比べれば、この異母兄姉らのやることは、子どもじみた嫌がらせの域を出ていないので安心である。

不幸中の幸い、と小さく息を吐《は》き出していると、バシャン、という水音と共に頭から水が降ってきた。

「――！」

何が起こったのか分からずに目を見開いていると、クスクスという複数の笑い声が聞こえてくる。

――異母兄の青磁《せいじ》と異母姉の萌黄《もえぎ》の声だ。

「ヤダァ、いくらジュースを飲みたいからって頭から被るなんて、お行儀悪いわよぉ、浅葱」

どうやらかけてきたのは萌黄で、かけられたのは水ではなくジュースだったようだ。自分たちが立っている場所が会場の隅の目立たない場所だというのが、陰湿な性格の異母姉らしい。手に空のグラスを持ったままでそんなことを言う姉に呆《あき》れてしまう。誰の目から見ても、明らかに犯人は萌黄だというのに。

「ドブネズミの分際で、僕らの弟です、みたいな顔してパーティーに来るなんて、図々《ずうずう》しいんだよ」

憎々しげに吐き捨てるのは青磁だ。

こっちだって来たくて来ているわけじゃない、と反論してやりたかったが、反論すれば事態が悪化するだけであることは、これまでの経験から分かっている。

浅葱は腹立ちや悔しさをグッとお腹の底に押し込めて、唇を引き結んだ。

だが青磁は、浅葱が反抗しないことも気に食わなかったようだ。黙ったままポケットからハンカチを出し、ジュース塗《まみ》れになった顔を拭こうとした浅葱に、チッと舌打ちをする。

「なんだよ、そのふてぶてしい態度は！」

苛立《いらだ》ったように言うと勢いよくドン、と浅葱を突き飛ばした。浅葱は同じ学年の子どもの中では体格がいい方だが、さすがに十六歳の青磁と比べたら二回りほど小さい。しかも兄は柔道をしていて縦にも横にも大きいため、力任せに突き飛ばされればどうなるかは自明の理。

案の定、浅葱の身体は真後ろに引き倒され、食べ物や飲み物が載っていたテーブルを直撃する。

ガシャガシャと派手な音を立ててテーブルが倒れ、周囲の目が浅葱に集まった。

美しく盛り付けられていた食べ物や飲み物が周囲に散乱し、高級そうなカーペットにべったりと染みを作っている。

テーブルに打ち付けた背中の痛みに堪《た》えながら立ち上がろうとすると、目の端に青磁と萌黄が慌ててその場を離れようとしているのが見えた。どうやら他人様《ひとさま》に招かれたパーティー会場でしでかしたこの不始末の責任を、全て浅葱に押し付けて逃げるつもりなのだろう。

（……まあ、それでいいや。そうしたら父さんも、僕をこんな場所に連れて来ようなんてもう

思わないだろうし）

愛人の子どもである自分には、こんな煌びやかな場所は無理だったのだと——平原の家を継ぐのは無理だと諦めてくれるかもしれない。ガッカリされるし、ひどく叱られるだろうが、父が諦めてくれればもうこんな嫌な思いをしなくて済む。

半ば祈るようにそう思った時、涼やかな声が響いた。

「待ちなさい、そこの二人！　小さな子を突き飛ばしておいて、謝りもせず逃げるつもり？　許さないわよ、卑怯者《ひきょうもの》！」

異母兄姉に向けて白い指をまっすぐに向け高らかにそう言ったのは、目を見張るような美少女だった。

大きな瞳は青みがかった黒で、キラキラと星のように輝いている。スッと通った美しい形の鼻に、小さな唇はぷるんと赤く、まるで瑞々《みずみず》しい野いちごのようだ。艶々《つやつや》とした真っ黒な髪、白い肌は陶器のように滑らかで、頬だけがほんのりと桜色《さくらいろ》だ。

赤と金がちりばめられた豪奢《ごうしゃ》な着物を着せられたその少女は、大きなお人形なのではないかと思うほど、完璧に美しかった。

（……なんて、きれいな子なんだろう……！）

他を圧倒する美しさだった。明らかに、その子が特別だと分かる美貌だ。空から天使が降ってくるシーンを描いた絵画のように、彼女の周囲だけ明るく光って見えた。

（……天使みたいだ）

浅葱は自分の置かれた状況も忘れ、ただその少女に心を奪われるようにして見入った。

だがそんな浅葱のことは、少女の眼中には入っておらず、怒りに輝く目で異母兄姉を睨《ね》め付けている。そしてビシッと萌黄を指さした。

「私はあなたがその子にジュースをかけたところから見ていたわ」

「なっ……」

罪状を突きつけられて、萌黄が顔を真っ赤にして口籠《くちご》もる。

だが姉が何か言うより早く、少女はその指の方向を兄へと向けた。

「そして次に、あなたが力任せに突き飛ばし、その子はテーブルに吹っ飛ばされた。私はずっと見ていたけれど、その子は口を開いてすらいなかった。その子にはジュースをかけられる謂《いわ》れも、突き飛ばされてテーブルにぶつけられる謂れもないわ。ただの虐《いじ》めよ。その子に謝りなさい！」

自分が見た状況を理路整然と説明し、兄と姉に謝罪を要求する少女は、まるで正義を司る女神様のようだった。

彼女は浅葱と変わらないくらいの年齢に見えるのに、明らかに五歳は年上であろう青磁や萌黄に食ってかかるその勇気が気高い。

「な、なんだよ、お前……！　お前に関係ないだろう！」

自分よりもずっと年下の少女に断罪され、萌黄同様に顔を真っ赤にした青磁が、わなわなと肩を震わせる。

するとと少女はフンと鼻を鳴らした。

「あら、関係あるわ。だって私はこのパーティーの主催者だもの」

「はぁ!?　何言ってんだ、このガキ……」

『主催者』の言葉に、青磁がバカにするような声をあげたが、浅葱はすぐに分かった。

(――この子、〝小清水家〟のお嬢様だ)

父が『女神胎《めがみばら》』と言っていた特別な子どもだ。

小清水家は、非常に珍しいオメガの名家である。小清水の家に生まれた子は、高確率で傑物アルファを生む特別なオメガとなることで有名で、ゆえに『女神胎』と呼ばれている。

だから権力者たちは自分の家に『女神胎』を迎え入れるために、こぞって小清水家と繋《つな》がりを持とうと躍起になっているのだとか。自分の家に傑物アルファが生まれれば、その時代の繁栄は約束されたようなものだ。『女神胎』との結婚のために、今や世界中の名家が列をなしているのだと、父が興奮ぎみに言っていたのを覚えている。

浅葱には結婚というものはものすごく遠いもので、ぼんやりとしかイメージできないが、それもいわゆる『政略結婚』というやつなのだろう。

（でも、分かるかもしれない……）

浅葱にとってアルファやベータといった第二の性はどうでもいい。

でも、彼女を欲しいと思う人が列をなすのは想像できる。

（この子を一目見たら、みんなこの子と結婚したいと思うに決まってる……！）

こんなにキラキラと眩《まばゆ》くて、それでいて凛《りん》としていて、信じられないくらいにきれいな子は見たことがない。世界中の光を集めて生まれたら、こんな女の子になるのだろうか。

少女は威丈高《いたけだか》になる兄にも全く怯《ひる》んだ様子を見せず顎を上げた。

「私の名前は小清水咲良《さくら》。このパーティーは私の誕生日を祝うためのものよ」

『小清水』の名前に、兄と姉がようやくハッとしたような表情になって青褪《あおざ》める。

自分たちが対峙しているのがガキではなく、平原よりもずっと格上の名家、小清水家の娘であることを知って、自分たちの犯した失態に盛大に狼狽《うろた》えているのが手に取るように分かった。

おそらく父がこの場にいたら、怒髪天を衝《つ》く勢いで怒り出すだろう。

「私はあなたたちみたいな意地悪な卑怯者に祝ってもらいたくないの。悪いけれど、出て行ってくれる？」

咲良と名乗った少女は、兄と姉に対してシッシッと犬を追い払うような仕草《しぐさ》をすると、ぐちゃぐちゃになったテーブルの傍《そば》で、未だ倒れたままの浅葱の方へ歩み寄ってきた。そうして優雅な仕草でしゃがみ込むと、着物の襟元からスッとハンカチを取り出し、浅葱の前に差し出した。

「あなた、大丈夫？　洋服が汚れて……ああ、髪もびしょびしょね。ひどいことになってる。風邪を引いちゃうから、着替えた方がいいわ」

心配そうなその表情に、浅葱の心が一気に浮き立つ。

この美しく、気高くて、光そのもののような女の子が、自分を心配してくれている。それだけで天国にいるかのような気持ちになった。

自分がジュース塗れのひどい有様であることも忘れ、浅葱は顔を真っ赤にしてコクコクと頭を上下させる。

するとそんな浅葱に、咲良は目を丸くした後、おかしそうに目を細めた。どこか大人びたその表情も堪《たま》らなくきれいだ。

「変な子ね。さあ、大丈夫なら立ち上がって、濡《ぬ》れたところをこれを使って拭きなさい」

「は、はい……！」

彼女の手にあるハンカチを震える手で受け取っていると、「浅葱！　何をしている！」と大声が降ってきた。

驚いて声の方を見ると、父が人混みを縫うようにしてこちらへ駆け寄ってくるのが見える。父は倒れたテーブルや散乱した食べ物の傍に浅葱がいるのを見て、叱りつけようとしてやって来たのだろうが、傍に着物の少女がいるのを見てサッと表情を改めた。

「これは、小清水のお嬢様……！　申し訳ございません、私の息子が何かしでかしたようで……！」

さすがというかなんというか、父は一目見て彼女が小清水家の令嬢だと悟ったようだった。子ども相手だというのに、腰を九十度に折って謝っている。

だが咲良はそれを不思議とも思わないようで、当たり前のように肩を竦《すく》めた。

「しでかしたのは息子さんじゃありません。あちらの二人です」

サラッと暴露して指す方向には、もはや狼狽《ろうばい》のあまり言葉もなく、立ち竦むばかりの青磁と萌黄がいる。

「あの二人が息子さんの頭にジュースをかけたうえに、突き飛ばしてテーブルに激突させたのです。悪いのはあの二人であって、息子さんじゃありません。暴行罪で彼らを訴えるとおっしゃるなら、私は喜んで証言いたします」

どうやら咲良は兄と姉と、浅葱がきょうだいであるとは知らなかったようだ。

父は咲良の説明に泡を吹かんばかりの形相になって叫《さけ》んだ。

「青磁！　萌黄！　お前たち、なんてことをしてくれたんだ！」

唾を飛ばして叱り始める父を見て、咲良の方が目を丸くする。

そしてそっと浅葱の方に顔を傾け、小声で訊《たず》ねてきた。

「……あの二人、親戚か何かだったの？」

「……兄と、姉です。腹違いですが」

キラキラした美貌が自分のすぐ傍にあることにドキドキしながら、浅葱も小声で答えると、彼女は形の良い眉を顰《ひそ》める。

「きょうだいなのに、弟を虐めていたの？　腹違いだからって理由？」

「まあ、そうだと思います……」

「呆れた！　腹違いなのはあなたのせいじゃないわ。どんな事情があるにしろ、その状況を作った大人のせいよ。責任はその大人が取るべきだわ。そんな小学生でも分かる道理を理解できず、理不尽に怒りの矛先を弱い者に向けるなんて愚かすぎるわ。そしてそれを許している大人もどうかしてる。あなたの周りはバカばかりね」

明らかな糾弾は、もう小声ではなくなっていた。それどころか、周囲に知らしめるような張りのある声量でさえあった。

当然父や異母兄姉の耳にも届いたようで、父は目を剥《む》いて口を一文字に引き結んでいるし、二人は紙のように真っ白な顔色になっている。

すっかり萎縮している異母兄姉はともかく、癇癪《かんしゃく》持ちの父が黙っていることに、浅葱は少なからず驚いた。年端もいかない少女に正論でやり込められて、腹が立たないわけがないだろうが、相手が小清水家の令嬢だから言い返すこともできないのだろう。

自宅ではあれほど傍若無人な態度であるくせに、権力の前では媚《こ》び諂《へつら》うのだと思うと、自分の父ながら情けなく呆れる気持ちが込み上げる。

いつの間にか騒ぎを見物している観客《ギャラリー》が周囲を取り囲んでいたようで、クスクス、という笑い声がさざめき立った。

明らかに、父の面目は丸潰《まるつぶ》れだ。これは帰ってから大荒れになるだろうな、と浅葱がうんざりした時、柔らかくも艶《あで》やかな美声が響いた。

「まぁまぁ、どうしたの、咲良ちゃん。そんなに大きな声を出したりして」

現れたのは、天女のような美貌の女性だった。

滑らかな白い肌、柔らかな曲線を描く細い眉、高い鼻梁《びりょう》、紅《べに》を引いた唇は形良く弧《こ》を描き、笑みを浮かべた瞳は星空のような煌めきを湛《たた》えている。光を反射して輝く黒髪を結い上げ、淡い橙色《だいだいいろ》と金の豪奢な着物を着こなす姿は、一枚の美人画のように完璧な絵面だ。

周囲が息を呑《の》む音が聞こえてくるほど、その人の美しさは圧倒的だった。

（――この人が、小清水家の御当主様……）

確か、小清水家の当主は代々オメガで、長らく女性が務めているのだと父が言っていた。

確信はないけれど、目の前の美女は当主に相応《ふさわ》しい品格と、それゆえのすごみがあった。

「ママ！　麻央《まお》ちゃん！」

咲良がパッと顔を輝かせて女性に抱きついていく。

そうだろうなと思っていたが、やはり咲良の母だったようだ。

（そっくりだもんな……）

黒髪に、白い肌、お人形のように完璧な顔貌《かおかたち》まで、咲良は母親の生き写しと言っていい。

だが驚いたことに、母親の傍《かたわ》らにはもう一人そっくりな女の子がいた。咲良よりも少し年下だろうか。母親の手をぎゅっと握り締め、こちらを窺《うかが》うように見ている姿は、一目で母娘《おやこ》、姉妹と分かるほど瓜二つだった。

よく似た美しい母娘が三人集う姿は、天女が戯《たわむ》れる様にも似ていて、夢でも見ているのかと思うほど神々しい。

言葉もなくその美しい光景を眺めていると、咲良がパッとこちらを振り返って訴える。

「ママ、あの子ジュースをかけられてびしょ濡れなの。突き飛ばされて、テーブルにぶつかって、きっと怪我《けが》もしてるわ。助けてあげて」

咲良の母親は「あらまあ」と優雅に柳眉を上げると、不思議そうに首を傾《かし》げながら浅葱の傍にやって来て、白魚のような手を差し出した。

「可哀想《かわいそう》に、本当にびしょ濡れね。お着替えを用意しましょう」

その手を取っていいのか不安だったが、天女の差し伸べる手を拒めるわけもない。

おそるおそるその手に自分の手を重ねると、天女はにっこり微笑《ほほえ》んで浅葱を立たせてくれる。

天女の手は同じ人間とは思えないほど柔らかく滑らかで、温かかった。

「それにしても、誰があなたをこんなにひどい目に？」

「あ……」

訊ねられて口籠もる浅葱の代わりに声をあげたのは、もちろん咲良だ。

「あの二人よ。この子のきょうだいなんですって」

小さな指が躊躇《ちゅうちょ》なく指し示す方向には、当然だが青磁と萌黄と、そして狼狽を隠せずにいる父の姿がある。

招待され大喜びでやって来たパーティーで、自分の子どもたちが醜態《しゅうたい》を晒《さら》しているのを、よりによって主催者である小清水家の当主に見つかってしまったのだ。

だが小清水の当主は、笑みを浮かべたまま鷹揚に言った。

「まあ、平原様。いらしてくださって嬉《うれ》しいわ」

当主から出たのが叱責《しっせき》の言葉ではなく歓迎の言葉だったことに安堵《あんど》したのか、父はホッとした顔になってへらりと笑う。

「お、お招きくださってありがとうございます、小清水様……。それなのに、申し訳ございません。うちの子どもたちが大変ご迷惑をおかけして……」

「まあ、迷惑なんてとんでもないですわ。うちの咲良の十一歳のお祝いに、お坊ちゃま、お嬢ちゃまたちが来てくださるだけで嬉しいもの」

ホホ、と鈴を転がしたような声で笑う母の傍らで、咲良がむすっと唇を尖《とが》らせた。

「私は嬉しくないわ。あんな意地悪な卑怯者には祝ってほしくない」

キッパリと言い切る咲良に、異母兄姉はビクッと肩を震わせ、父は笑顔を引き攣《つ》らせる。

だが咲良の母だけは、美しい手で娘の頭を撫《な》で、やんわりした口調で嗜《たしな》めた。

「まあ、咲良ちゃん。せっかく来てくださった方に、そんな言い方をするものではないわ」

「でも、ママ。私は間違ったことを言っていない」

「でも、じゃありません。〝正しさ〟は人の数だけあるのだと、この間教えたでしょう？　あなたの〝正しさ〟だけが正しいわけではないの。むやみやたらに振り翳《かざ》していいものではないわ」

そこまで言うといったん言葉を切って、天女のように美しい人はクッと唇の端を上げて妖艶な微笑を浮かべる。するとその微笑み一つで、彼女の雰囲気が一変する。今までは天女のように優美だった美貌が、魔女のような妖しい迫力のあるものに変わって見えた。

「あなたの〝正しさ〟振り翳していいのは、勝つ必要がある時だけよ」

低い声で、しかしあくまで優しく娘に語りかけると、小清水の当主は眼差しを父に向けた。

それだけで父はビクッと背筋を震わせる。

「ごめんなさいね、平原さん。まだ子どもなので、失礼をご容赦くださいませね」

「い、いえ、とんでもない……。こ、こちらの方こそ、そ、その、我が家の子どもたちのきょうだい喧嘩《げんか》に巻き込んでしまって……」

「あらまあ、そうねぇ、きょうだい喧嘩。子どもですもの、そういうこともありますわよね。でもね、わたくし、小さな子どもが痛めつけられるのは見るに堪えませんの。そういうものを目にしてしまうと、どんな手を使ってでも助けてあげたくなってしまう。ふふ、お節介だと分かっていても、わたくし、子どもが大好きだから、ね？　放っておけませんのよ」

「……は、いえ、それは、その、……」

「うふ。上のお子様たちのご教育、よぉくなさるとよろしいかと思いますわ」

迫力満点の笑顔でそう言い置くと、小清水の当主は「さあ、いらっしゃい。お着替えをしましょうね」と浅葱の手を引いてその場を連れ出してくれた。

それから、浅葱はぶつけた箇所を医者に診てもらった後、シャワーを使わせてもらい、どこから用意したのか新しい服に着替えさせてもらった。

医者から診断結果を聞いた小清水の当主は、眉間に皺《しわ》を寄せた難しい顔をしていたが、きれいにしてもらった浅葱がやって来ると満足そうに微笑み、頭を撫でてくれた。

「お洋服のサイズは問題ないみたいで良かったわ」

「あ、あの、ありがとうございます……！」

「あら、ちゃんとお礼が言えるのね。えらいわ」

大人の女性に褒《ほ》められ、なんだか恥ずかしい気持ちになって俯《うつむ》いてしまう。

モジモジと手遊びをしていると、思案げな口調で訊ねられた。

「……あなた、身体のあちこちに痣《あざ》や傷跡があったそうだけれど、それもきょうだいにされたの？」

「あ……」

浅葱はパッと顔を上げたが、どう答えるべきか逡巡し口籠もる。

確かに浅葱の身体には、あちこちに痣や傷跡がある。平原の本家に行くたびに、青磁や萌黄に突き飛ばされたり殴られたりするからだ。本家にはそれを止める人間はいないため、最近では行為がエスカレートしてきていたし、なんなら奥様に階段から突き落とされたこともある。

だがこれを告げ口すれば、仕返しをされるかもしれない。

オロオロと目を泳がせていると、その様子から何かを悟ったのか、小清水の当主がため息をついた。

「もしまだお兄さんやお姉さんに意地悪されるようなら、おばさんに連絡してちょうだいね」

そう言ってメールアドレスの書かれたメモ紙を渡してくれる。

「わたくし、子どもは助ける主義なのよ」

にっこりと艶やかに笑うと、その人は「じゃあね」ともう一度浅葱の頭を撫でて出て行った。

足取りまで優雅なその後ろ姿を呆然《ぼうぜん》と見つめていると、入れ替わるようにして咲良が部屋の入り口に顔を覗《のぞ》かせる。

「あ、きれいになったわね！　良かった！」

着替えた浅葱を見て、咲良は嬉しそうに笑って駆け寄ってきた。

その笑顔があまりに可愛くて、浅葱の胸がキュウッと音を立てる。

（……っ、どうしてこの子、こんなに可愛《かわい》いんだろう……）

きれいだから、だろうか。いや、それだけじゃない。美しさという点で言うなら、先ほどまで目の前にいた彼女の母親の方が圧倒的だ。それくらい、小清水の当主の美貌は他を超越している。『人ならざるものの美しさ』と言えばいいだろうか。

だが浅葱はあの絶世の美貌の人よりも、目の前にいる少女の方がずっと魅力的だと感じていた。

可愛いだけじゃない。彼女の表情や仕草の一つ一つが、浅葱を魅了して止《や》まない。彼女の周囲だけ、スポットライトが当たっているかのように、煌々《こうこう》と光り輝いて見えた。

なにより、怯《ひる》むことなく異母兄姉に立ち向かってくれた時の、あの表情——己の正義を信じ、何物にも屈しないあの凛とした表情が、脳裏に焼き付いて離れなかった。

咲良は浅葱の頭のてっぺんから爪先までじっくりと観察した後、「合格！」と笑った。その笑顔に、浅葱の心臓がドキドキと早鐘を打つ。

「とってもかっこいいわ。さっきの服よりずっと似合ってる！」

「あ、ありがとう……」

「ね、名前、なんて言うの？　私は小清水咲良。五年生よ」

自分より一つ年上だったのか、と思いながら、浅葱は慌てて自分も名乗った。

「お、尾上《おのえ》浅葱。四年生です……」

すると彼女は不思議そうに首を傾げる。

「尾上？　平原さん家の子でしょう？」

「あ……尾上はお母さんの名字です。僕は、ええと……」

母が平原の父の愛人だということを、どう説明すればいいのかと思案していると、咲良は事情に思い至ったのか、ハッとした表情になった。

「ああ、そっか。腹違いだって言っていたわね……。ごめんなさい、変なこと言って」

「う、ううん……。変なのは、僕の家の方だから……」

浅葱が言うと、咲良はプッと噴き出す。

「ふふふ、それはそうかも！　お兄さんやお姉さんなのに、弟をあんなふうに虐めるなんて、本当に変よ。弟は可愛いものでしょう？　私にも妹が一人と、弟が二人いるけど、みんな可愛くって大好きよ！　羽衣《うい》ちゃんと六花《りっか》ちゃんとだってすっごく仲良しだし」

「ういちゃんと、りっかちゃんって……？」

「お姉ちゃんたち。うち、六人きょうだいなの。私は三番目で、妹と、八雲《やくも》と東雲《しののめ》っていう双子の弟たちもいるのよ」

「六人！　すごいな、たくさんだ……！」

驚きの数に目を丸くすると、咲良は自慢するように胸を張った。

「でしょう？　うちはね、きょうだいみんな仲良し。喧嘩なんかしない……って言ったら嘘《うそ》だけど、虐めたりなんてしないわ、絶対。それに、きょうだいが誰かに虐められていたら、絶対に助けに行く。どんなことをしても守るわ」

キッパリとそう告げる咲良に、浅葱は胸がじんと熱くなる。

「……いいな。そんなふうに、誰かに大切にされるなんて……」

自分はそんなふうに誰かに大事にされたことがあっただろうか。

父からは手駒としか思われていないし、異母兄姉たちからは疎まれ、憎まれている。

母は優しいけれど、それだけだ。浅葱を守ろうとはしてくれない。

浅葱が平原の家へ連れていかれるのを、母が止めたことは一度もないのだから。

階段から突き落とされても、下剤を飲まされて苦しんでいても、母は心配そうな顔をするだけだ。

（お母さんは、経済的に平原を頼るしかないから……そうしないと生きていけないから、仕方ないんだ）

仕方ない――そう思うようになったのは、助けてほしいと願うことを諦めたのは、いつだったか。

だからだろう。咲良の語るきょうだい愛が、無性に羨《うらや》ましかった。

「……僕にも、そんなきょうだいがいてくれたらな……」

口から転がり出た願望に、咲良が応えた。

「じゃあ、あなたも私の弟にしてあげる」

サラリと言われたセリフに、浅葱は驚いて目をパチパチとさせる。

「――え？」

びっくりしている浅葱の顔を見て、咲良は腰に手を当てて得意げに笑った。

「私、浅葱のこと、好きよ。最初に見た時から、すごく可愛いなって思ったの。だからあなたが虐められているのを見て、ものすごく腹が立っちゃった。麻央ちゃんや弟たちが虐められていたら、きっと同じ気持ちになるわ。あなたが虐められるのは許せない。私が守ってあげるわ。本物の弟にするのは無理だけど、妹や弟と同じくらい、私が大事にしてあげる。だから、浅葱は今日から私の弟よ！　どう？」

ブワッと胸が膨らむような感覚がして、浅葱は片手で口を覆《おお》う。そうしなければ、嬉しくて、嬉しくて、叫び出してしまいそうだった。

欲しくて欲しくて堪らなかったものを、差し出された気分だった。

誰かに大事にしてもらえる。それだけでも嬉しいのに、こんな光そのものみたいな女の子にそんなことを言ってもらえるなんて。

眦《まなじり》が熱くなって、喜びが涙になって転がり落ちる。

ポロポロと泣き出す浅葱に、咲良が焦ったような表情になった。

「やだ、泣かないでよ。……嫌だった？」

「嫌じゃない！　これは、嬉しくて……ものすごく嬉しくて、そしたら勝手に涙が……！」

咲良の提案が嫌だから泣いているのだと勘違いされたくなくて必死で言い募ると、咲良はプッと噴き出して、ぎゅっと浅葱を抱き締めてくれた。

ふわっと甘い花のような匂いがして、浅葱はうっとりと目を閉じる。

「嬉しくて泣いちゃったの？　本当に可愛いわね、浅葱ったら！」

咲良はまるで仔犬《こいぬ》にでもするかのように、浅葱の頭をヨシヨシと撫でた。

「でも、私の弟になるなら、泣いてばかりじゃダメよ。もうちょっと強くならなくちゃ。さっきみたいに、あの異母きょうだいたちにやられっぱなしになっていたら、情けないわよ。私の弟だってことを誇りに思って、あんなへっぽこな奴ら、叩きのめしちゃいなさい！」

咲良の鼓舞に、浅葱は目を開いて彼女を見た。

美しく、正しい光のような女の子が、自分をまっすぐに見つめている。

「分かりました。強くなります」

——君のために。君に、相応しくなるために。

なんだってしてやろう。他の何を諦めても、君だけは諦めない。

浅葱の運命は、この時に決まった。いや、浅葱が決めた。

この美しい少女こそが、自分の生きる目的なのだと。

第一章　三の姫と番犬

――午前六時。

二月の金沢《かなざわ》の夜明けは遅い。冬至を過ぎたので徐々に昼が長くなっているものの、日の出にはあと数十分かかるだろう。

リビングの窓から外を見ると、未だ真っ暗な夜の景色にため息が漏《も》れた。雪が積もっている箇所は、墨を刷《は》いたような光景の中、白く浮き上がってくるようで、それが一層寒々として見える。

「は〜、今日も寒そう……」

誰にともなく呟《つぶや》くと、小清水咲良《こしみずさくら》は身を縮めながら薪《まき》ストーブに火を入れる。床は氷のように冷たくて、ふわふわのルームシューズがなかったらとてもではないが歩けそうにない。

(床暖房、リノベした時に設置したかったけど、床を無垢材《むくざい》にしちゃったからなぁ)

無垢材は熱に弱いので、床暖房との相性が悪いのだ。咲良は本物の木の感触が堪《たま》らなく好きなので、無垢材は外せなかった。特にリビングは、咲良が家の中で一番長く過ごす場所だ。居心地の良い空間にしたくていろんな点でかなりこだわったが、吟味して正解だった。

(まあ、この薪ストーブがあれば、お部屋はすぐにあったまるしね)

北陸《ほくりく》は北海道《ほっかいどう》ほどの寒さにはならないが、薪ストーブのオーブンでパイを焼くのが夢だったので、思い切って導入した。便利な物が大好きで都会的な生活を好む母などは、〝わざわざ手入れが大変なものを使うなんて、咲良ちゃんは酔狂ねぇ〟と呆《あき》れた顔をしていたが。

(こういう、昔ながらの生活様式、好きなんだよねぇ……)

パチパチと燃え始めたストーブの火の橙色《だいだいいろ》を眺《なが》めながら、咲良はフッと微笑《ほほえ》む。

便利で都会的な生活が嫌いというわけではないが、時間が自分の身体を上滑りしていくように思えてしまう。冬には寒さを感じ、火を焚《た》いてその暖かさをしみじみと感じるこの生活は、自分の足で時間を歩んでいる実感がするのだ。

(私にはこの生活が合ってる)

薪ストーブの火でリビングがようやく暖まり始めた。

「ふふ、やっぱり薪ストーブは火力がすごい。エアコンじゃこんなに早くあったかくならないわよね」

満足げに言いながら、咲良は立ち上がってキッチンに向かった。

キッチンはアイランド型で、サクラの無垢材を使ったフローリングの淡い色合いに合わせて、柔らかなグレージュのものを選んだが、大正解だった。優しいトーンで纏《まと》ったキッチンは、見ているだけで気分が上がる。

鼻歌を歌いながらケトルに水を入れた。お湯が沸いて、湯呑《ゆの》み一杯分の白湯《さゆ》をフウフウしながら飲み終えたら、身体の中から温まって活力が湧いてくる。

「よし、朝ご飯作ろ」

本当は朝食前にヨガをするつもりだったが、今日は寒すぎるのでサボることにした。

「ん〜っと、今朝は和食の気分だねぇ……、お出汁は昆布と……あっ、昨日の残りの鯛《たい》のお刺身、昆布締《こぶじ》めにしたんだった！ いいねぇ、これで鯛茶漬けにしちゃお」

冷蔵庫の中を探りながら必要な具材を取り出し、小さなミルクパンに水を入れ、火にかける。

「昆布締めの鯛を取り出して、昆布もこの中に……っと」

ミルクパンの中にポイっと入れる。昆布締めを作った後の昆布は、魚の旨味《うまみ》が染み込んでいて、とても美味《おい》しい出汁が出るのだ。沸騰したら、弱火にして塩とお醤油で味付けをし、温めたご飯をトルコブルーの器に盛って、先ほどの鯛の昆布締めを載せる。そこに熱々の出汁を注ぎ入れ、最後に柚子《ゆず》の皮と山葵《わさび》を載せたら完成である。

ダイニングテーブルにお気に入りのランチョンマットを敷くと、その上に美味しそうに出来上がった鯛茶漬けを載せる。

「ん〜！　可愛《かわい》い〜！　この久谷焼《くたにやき》のブルー、汁物のお料理が映えると思ったの。やっぱり可愛いねぇ！　コロンとした形も最高……だけど、お茶漬け食べるには口が内側に入りすぎてるかな……。形は可愛いけど、使い勝手がちょっと悪いかも……。今度は平たい感じの形で作ってみるか……」

食べる前にスマホで食べ物が入った状態の器の姿を、角度を変えて何枚も写真に収めていく。これは別にＳＮＳに載せるために撮っているわけではなく、職業——研究のためだ。

咲良は陶芸作家なのである。

陶芸に携わるようになったのは十二歳からで、近所のカルチャースクールで陶芸体験をしたのがきっかけだった。土を捏《こ》ね形作り炎に焚《く》べて器を作るという、混沌《こんとん》から美を作り出す世界に、幼い咲良はあっという間にのめり込んでいった。

のめり込むだけあって才能はそこそこあったようで、カルチャースクールの講師はすぐに〝この子は陶芸を専門的に学ぶべきだ〟と咲良の両親に勧めた。

両親の伝手《つて》で、著名な陶芸家である坂野清子《さかのきよこ》女史に師事することになったのは十三歳の時だった。

とはいえまだ子どもであったため、坂野女史に師事しながら学校へ通い、大学も師匠の住む北陸の芸術大学に進んだ。かれこれ九年間師匠の元で学んだ後、大学卒業を契機に、金沢で窯を開くことを許された。

東京《とうきょう》の実家からここ北陸の金沢に移り住むことになって、今年でもう八年だ。

凍えるような冬や、雪景色にも慣れてきたところで、自分の住む家が欲しくなったのは去年だったろうか。ちなみに、それまではマンションを借りて住んでいた。

便利で近代的な実家を出て一人暮らしをしてみて気づいたのは、自分の五感に合った物——例を挙げるなら、木の質感や匂い、火の暖かさやオレンジ色の光、薪の爆《は》ぜる音など——に囲まれた暮らしが好きだということだった。

自分が普段使う物を、便利さではなく温《ぬく》もりや愛着を感じるかどうかで選びたい。

昔から、服でも道具でも、その用途というよりは触り心地や風合い、色合いなど、自分の五感のいずれかの琴線に触れる物が好みだった。

たとえば、きれいに消すことのできる消しゴムよりも、香りの良い消しゴムを選んでしまうといったように。

合理的な考え方ではないけれど、それが自分なのだから仕方ない。

だから窯の近くに、築五十年の古民家を買った。

もちろんそのままで住むことは大変そうだったので、フルリノベーションをすることになった。

古民家のリノベなので、耐震補強や防寒防暑対策、そして水回りの設備の入れ替えなど、それなりの費用と労力と期間が必要だったが、自分の頭の中にあるイメージを形にしていく工程は、物作りを生業《なりわい》にする者にとっては楽しい作業だ。

結局リノベには一年かかってしまったが、全ての物を思い切り自分好みに仕立て直したので、たくさんのこだわりの詰まった満足のいく家となった。

特に、五十平米ある吹き抜けのＬＤＫはお気に入りだ。

ここで旬の食材を使って自分の手で作った料理を、自分の作った器で食べるのが、毎日の幸福の一つだ。

「よし、創作イメージも固まった……！　あっ、大変！　お茶漬けがぬるくなっちゃってる……！」

器の写真を撮りながら創作のイメージを追うことに没頭してしまい、せっかく作った鯛茶漬けがすっかりふやけてしまっている。

慌てて箸を取り〝いただきます〟をしようとした時、家の敷地の前に車が停まる音が聞こえてきた。

まだ早朝で静かなせいで、エンジンの音がよく聞こえる。

咲良は箸を持ったまま、はぁ、とため息をついた。

誰が来たのかはもう分かっている。

こんな時間に、当たり前のように予定《アポ》もなく押しかけてくるのは一人しかいない。

「んもう、あの駄犬。来るならちゃんと連絡しなさいっていつも言ってるのに……！」

ブツブツ言いながら椅子《いす》から立ち上がると、ちょうどドアフォンが鳴る音が響いた。

通話のボタンを押すと、モニターに見慣れた男の顔が映る。

北欧系アメリカ人の血が入っているせいか、彫りの深い端正《たんせい》な顔立ちの美丈夫だ。

形の良い眉は凛々《りり》しく、高い鼻梁《びりょう》が美しい顔に程よい陰影を作っている。切れ長の目はキラキラとした光を湛《たた》えて輝いていて、一見すると整いすぎて冷たくも見える美貌に温もりを与えている。

大柄な体躯《たいく》を曲げるようにしてドアフォンのカメラを覗《のぞ》き込んでいるようで、右肩の三角筋の逞《たくま》しい盛り上がりがスーツのジャケットの上からでも分かった。

（……まったく、昔はあんなに可愛かったのに、無駄に大きくなっちゃって……）

今のこの姿を見て『イケメン』とか『カッコいい』とかという評価を下す人はいても、『可愛い』と言う人はいないだろう。

だが出会った時のこの男は、女の子と見紛《みまが》うばかりの美少年だったのだ。

大きな目に涙を溜《た》め、異母兄姉たちからの意地悪に堪えて震える姿は、十一歳の幼い咲良が『守ってあげなくちゃ！』と思うような可憐《かれん》さだったというのに。

『咲良ちゃーん、寒いよ、早く開けて～！』

モニターの中で美丈夫が情けない声をあげる。

「朝方に押しかけてきて家に入れろなんて、とんだ駄犬ね、浅葱《あさぎ》」

冷たい声で言ってやると、モニターの中で浅葱が顔をくしゃくしゃにする。

『えーん、ごめんなさい、咲良ちゃん！　でも僕、昨日までドバイだったんだよ……！　三週間だよ!?　三週間もドバイなんか行かされて、咲良ちゃんに会えなくて死にそうで……！　もう限界だったから、飛行機から降りてそのままここに直行したら、こんな時間になっちゃって……。でも、咲良ちゃん早起きだからもう起きてると思ったし……！　えーん、ごめんなさい、咲良ちゃん！　開けて～！　寒いよ～！』

大の大人の男の泣き声に、咲良はもう一度「は――――っ」と深いため息をつくと、ボタンを押して玄関のオートロックを解除した。

ガチャンと音を立ててドアのロックが解除され、浅葱がパッと顔を輝かせる。

『ありがとう、咲良ちゃん！　愛してる！』

「薄っぺらいのよ、〝愛してる〟が」

フンッと顎を上げつつも、内心まんざらでもない。

(可愛がっている弟分に懐かれるのは、まあ、嬉《うれ》しいものよね)

小清水家のきょうだいたちは強い絆《きずな》で結ばれていて、誰かが困っていたり泣いていたりしたら、必ずみんなで助けに行く。そんな小清水家の人間は、特殊な家であるがゆえの事情もあって大変警戒心が強いが、総じて情が深く、一度心を許した相手のことは決して見捨てないし、手放さない。

この平原《ひらはら》浅葱（当時は『尾上《おのえ》』という名字だったが）は、そんな咲良にとって心を許した数少ない人間の一人だ。

浅葱に出会ったのは、自分の十一歳の誕生日パーティーだった。

当時、小清水家の当主である母、小清水夜月《こしみずよづき》は、子どもたちの番《つがい》となるべき者を吟味しようと、子どもたちの誕生日にパーティーを開いていた。

派手に着飾られ、まるで見せ物のようにされるそのパーティーが、咲良は大嫌いだった。母に『嫌だ』と訴えてみたが、『ごめんなさいね。これは小清水家に生まれた者の義務だと思ってちょうだい』と優しくも一蹴されてしまい、不貞腐《ふてくさ》れた気持ちになったものだ。

だが母が『ダメ』だと言ったものは絶対に覆《くつがえ》ることはないことを知っていたので、我慢するしかなかった。

ちなみに、生まれた時からすでに婚約者が決まっていた長姉《ちょうし》の羽衣《うい》は、そのパーティーを免除されていたので羨《うらや》ましく思ったものだ。

そんな面白くない気持ちで挑んだパーティーで見つけたのが、浅葱だった。

異母兄姉に虐《いじ》められ、涙を浮かべながらも堪えるその姿が、咲良の正義感を強く刺激した。

まだ小学生くらいの男の子を相手に、大人と変わらない体格の者が、一方的にジュースをかけたり突き飛ばしたりするなど、信じられなかった。しかもその子は反抗するどころか、一言も喋《しゃべ》ってすらいないのだ。

こんな理不尽なことを許してはいけないと思った。

だから助けたのだが、理由はそれだけではない。浅葱が大変可愛かったのだ。

母方の祖母が北欧系アメリカ人だという浅葱は、幼い頃は金髪に近い茶色の髪をしていて、目の色ももっと鮮《あざ》やかなグリーンだった。仔鹿《こじか》みたいな大きな瞳に、瞬《まばた》きのたびにゆらゆらと揺れる長い睫毛《まつげ》、桃の実のようにほんのりと色づいたほっぺた、さくらんぼのように瑞々《みずみず》しい唇——天使のような愛らしさに、咲良はすっかり魅了されてしまった。

周囲に美形ばかりが集う環境に生まれついたゆえに、咲良はかなり厳しい審美眼を持っている。

その咲良の目を釘付《くぎづ》けにするほどなのだから、当時の浅葱の可愛らしさといったら、傾国モノだったと言っていい。

咲良は何事にも興味の薄い子どもだったが、一度興味を持つとことんまで極める気質があった。いわゆる『ストライクゾーン』がものすごく狭い代わりに、そこに入ったものは徹底的に入れ込むというわけだ。

そんな気質なものだから、お気に入りになった浅葱をそれはそれは、本物の弟のように可愛がった。

一方的な愛情は時として毒となるが、幸いなことに浅葱の方も咲良にたいそう懐いてくれた。それこそ、あれほど嫌っていた父親の所で暮らすことになってでも、咲良と同じ学校に通うほど、慕ってくれたのだ。

（確か、浅葱のお母さんじゃ、あの学校の学費は払えなかったって言ってたっけ……）

小清水家の子どもが通っていた学校は、幼稚園から高校まで一貫式のインターナショナルスクールだ。当然私立で、設備等は充実しているものの、それに比例するように学費は高額であったため、浅葱の母親の収入では賄えなかったらしい。そのため父親に支援を頼んだのだが、突きつけられた条件というのが、浅葱が正式に嫡子として父親の籍に入ることだったそうだ。

異母兄姉や継母に虐《いじ》められていた浅葱は、父親やその家を嫌っていた。にもかかわらず、咲良と一緒の学校に通いたいという一心で、父親の家で暮らすことを決めたのだ。

それを聞いた時、咲良は驚いて止めようとした。別に学校でなくとも会えるのだし、無理して嫌いな人たちと暮らす必要はないと思ったからだ。

だが浅葱は聞かなかった。

『咲良ちゃんと一緒にいられることの方が、僕にとってはずっと大切。僕は咲良ちゃんが一番大事だから』

弟のように可愛がっている子に、キッパリとそんなことを言われたら、嬉しくないわけがない。

それでも浅葱の身の上を考えると、無理をさせたくなくて咲良は『でも』と眉根を寄せた。

すると浅葱がフッと皮肉げな笑みを浮かべた。

『それに僕、前みたいに平原の家の人たちを怖いと思わなくなったんだよね。昔は異母兄姉より身体も小さかったし体力もなかったからやられてたけど、今は成長したしね。あの人たち、僕より頭も悪いし、弱いんだもん。あの程度の連中しかいないなら、あそこを乗っ取るのは多分、楽勝だよ』

平然とした口調で下剋上《げこくじょう》発言をする浅葱からは、強者《つわもの》の余裕が滲《にじ》み出ていた。

さもあらん。当時十二歳になっていて、すでに第二の性別が顕現していた。

——周囲の予想どおり、浅葱はアルファだった。

(これだけ美しくて、頭も良く、運動神経もいいってなれば、そりゃそうよね)

多くのアルファがそうであるように、浅葱も他の子どもに比べて心身の成長が早かった。まだ十二歳だというのにすでに身長は百七十センチを超えていたし、顔立ちも愛らしかった少年のものから大人の男性のそれへと変貌しつつあった。

精悍《せいかん》さと繊細さ、強さと儚《はかな》さ——相反する美を内包しているその様は、羽化したばかりの蝶《ちょう》のようで、その美しさにはある種のすごみがあった。

浅葱が時々見せる艶《つや》っぽい表情に、見慣れている咲良ですら、ドキッとさせられることがあるほどだ。

(そもそもアルファだって分かる前から、あの意地悪異母兄姉よりもずっと浅葱は優秀だったんだもの。言いなりになって虐められていたのは、お母さんの立場を慮《おもんぱか》った浅葱が我慢してただけなのよね)

浅葱が本気になれば、あのボンクラ異母兄姉を打ち負かすことくらい容易《たやす》いに決まっている。

『だから、心配しなくても大丈夫だよ、咲良ちゃん』

ほんわかとした口調で言う浅葱は、先ほどまでの意地悪い笑い方ではなく、いつもの屈託ない可愛い笑顔だった。

それに安堵《あんど》して、咲良は浅葱の頭を両手でわしゃわしゃと撫《な》でてやったのだ。

こうして無事に（？）咲良と同じ中学に進むことができた浅葱だったが、本来ならば一学年下になるはずだったが、成績が飛び抜けていたらしく一学年飛び級することとなり、なんと咲良と同級生になってしまった。さすがはアルファである。

咲良が大好きであることを隠しもしない浅葱は、咲良と同じクラスになったのをいいことに、学校にいる間中ぴったりとくっついて回り、咲良に近づこうとする者を分かりやすく牽制《けんせい》するため、付いたアダ名が『咲良姫の番犬』だった。

咲良は『ひどいアダ名を付けられたものね』と嘆いたが、本人はケロッとした顔で『咲良ちゃんが飼い主なら、僕は番犬で全然構わないよ』と笑っていた。

呆《あき》れた話である。

ともあれ、二人の腐《くさ》れ縁はその後も続いたが、大学でその進路は別れた。

咲良は芸術大学へ進んだが、浅葱は経済学部のある国立大学へと進学したからだ。それまで自分にべったりだった浅葱が、あっさりと別の道を選んだことに少なからず驚いたものの、よく考えてみれば浅葱は芸術方面への才能も関心もないようだったので無理もない。

これで長く続いた縁も途切れるかと思ったが、そうでもなかった。

大学が違っても、メッセージアプリで毎日やり取りをするうえに、週に三、四度の頻度で会っていた。

さらに大学を卒業後、咲良が金沢へ移住してからも、浅葱は月に三度のペースで会いに来るのだ。

——ちょうど、今のように。

(……なんか、家族よりも一緒に過ごす時間が長いんじゃないかしら、こいつ……)

そんなことを考えながら、咲良はもう一人分のお茶漬けを用意するために冷蔵庫を探りに行く。

ドバイから直行してきたということは、おそらく飛行機を降りてから何も食べていないのだろう。出汁は多めに取っていたし、鯛もまだ残っていたはずだ。

出汁の鍋を再び火にかけた時、リビングのドアが開いて浅葱が飛び込んできた。

「咲良ちゃん！　会いたかったです！」

百八十七センチの大男が、満面の笑顔で腕を広げて抱きついてくる。

その姿は、ご主人様を見つけた時の大型犬そのもので、咲良は思わず噴き出してしまう。

だが外の冷気を纏《まと》ったままの身体でぎゅっと抱き締められた途端、飛び上がるほどの冷たさに晒《さら》されて、咲良は悲鳴をあげた。

「つっ、冷たいっ！　バカ浅葱！　そんな冷え冷えの身体で抱きついてこないでっ！」

「えっ、そんなに冷えてる？」

「今の外気温、何度だと思ってるのよ。氷点下よ。そんな中、コートも着ないで……、本当にもう、風邪引いちゃうわよ！　こっちに来るならダウンか、せめてウールのコートくらい着てきなさいよ」

「だってさっきまでドバイだったたし、コート持っていかなかったんだよ～」

　確かにドバイでは、冬といえどコートは必要ないだろう。朝晩は冷え込むが、日本の秋くらいの寒さでしかない。浅葱は商談でドバイに行っていたようだし、コートなんて嵩張《かさば》る物を持っていかなかったのも頷《うなず》ける。

「一回家に帰れば良かったでしょう？」

「だって……早く会いたくて……」

　しょんぼりと肩を下げる美丈夫も、咲良の目には、やはりご主人様に叱《しか》られて項垂《うなだ》れる大型犬にしか見えない。

　やれやれと微笑《ほほえ》むと、咲良は浅葱の手を引いて薪ストーブの前へ連れていった。

「ここであったまってなさい。今、何か着る物持ってくるから」

「え……着る物って……？」

　何か浅葱が言っているが、早く着替えを取って来ようと咲良は客室となっている洋室へと向かう。

ここは本当は物置にするつもりだったのだが、思いのほか来客が多くなったため、急遽《きゅうきょ》客間へと変更したのだ。泊まりにくるのは、きょうだいたちの他には、もちろんあの浅葱である。

(——っていうか、ほぼ浅葱よね)

なにしろ、咲良がこの北陸に居を据えてからというもの、一ヶ月に三回の頻度でやって来るうえ、来たら数日は滞在していくのだ。

この間の滞在はちょうど一月前で、浅葱は北陸の冬だというのに薄手のセーターしか持ってきておらず、寒い寒いと言って咲良にくっついて離れなかった。

仕方なく、咲良は浅葱用に厚手のセーターや発熱素材の下着などを買っておいたのだ。

それらを持ってリビングへ戻ると、浅葱がじっとこちらを見つめていた。その表情がどこか不満げで、咲良は首を捻《ひね》る。

「はい、これ。着替え」

セーターを差し出したが、彼はそれを受け取らず、なおもじっとりとした視線を寄越《よこ》した。

「……これ、誰の？」

「はい？　誰のって、君のよ」

「僕のじゃないよ」

珍しく頑《かたく》なな態度を見せる浅葱に、咲良はますます首を捻る。

「君のって言ってるでしょ。なによ、せっかく買ってきてあげたのに」

そう言った途端、浅葱の表情が一変した。

「えっ⁉　咲良ちゃんが買ってきてくれたの⁉　僕のために⁉　これ、僕の⁉」

「だからさっきからそう言ってるでしょう？　君の他にこんな大きいサイズ、誰が着るのよ。……あ、八雲《やくも》と東雲《しののめ》なら着るわね。要らないって言うなら、弟たちに――」

唇を尖《とが》らせつつセーターを引っ込めようとすると、まるで投げられたフライングディスクをキャッチするワンコのような素早さで、浅葱がそれを奪い取った。

「だっ、ダメっ！　これは僕のっ！　誰にもあげないっ！」

「はぁ？　要らないって言ったくせに、何言ってるのよ」

「要らないなんて言ってないよ！　僕以外の男が、この家に出入りしてるのかと思って……！」

焦ったように言い訳をする浅葱に、咲良は呆れて目を丸くしてしまった。

要するに、咲良に交際する男性ができて、これはその人の服だと思ったらしい。

「何をバカなこと言ってるのよ。私は小清水家のオメガよ？　ママの了承なしに交際相手なんて作れるわけないでしょう」

「……それは、そう、だけど……」

小清水家は、古くから婚姻によってその地位を築いた特殊な家なのである。

優秀なアルファを産む『女神胎《めがみばら》』は、各界の権力者《アルファ》たちには喉から手が出るほど欲しい至宝だ。加えてオメガは、能力の高いアルファはもちろん、平均的なベータに比べても身体的に脆《ぜい》弱《じゃく》であり、アルファがその気になれば攫《さら》って監禁し子どもを産ませることなど容易い。

もちろんそんな非人道的なことが許されるわけがなく、発覚すればとんでもない犯罪だが、業腹なことに権力を持つアルファがそれを隠蔽《いんぺい》することも難しいことではない。

子どもたちを守るために、代々の小清水家の当主たちは、力のある家を選んで『女神胎』の子を嫁がせ、その婚家の庇護《ひご》を得ることで家を守り続けてきた。

その結果、縦にも横にも『女神胎』のコネクションを張り巡らせた現在の小清水家は、『不可侵の領域』と言われるほどの鉄壁の守護力を得ている。

そしてその守護力を継続するためには、政略結婚を繰り返し続ける必要がある。

だから今代の当主である咲良の母もまた、六人いる子どもたちには政略結婚することを義務付けているのだ。

とはいえ、長姉の羽衣は、母の選んだアルファである元財閥でこの国屈指の資産家、王寺《おうじ》家に嫁いだものの、次女の六花《りっか》は行きずりのアルファの子どもを身ごもり、小清水家を勘当されてしまった。

（六花ちゃんが妊娠して、勘当されちゃった時はどうなることかと思ったけど、まあなんとか落ち着いたから良かったよね……）

三番目の咲良は、きょうだいの中では六花と一番仲が良かったので、当時は本当にハラハラしたものだ。

幸いにして六花の番《つがい》となった一ノ瀬柊《いちのせしゅう》も、六花と子どもたちを守るだけの力を持ったアルファであったため、次姉《じし》の一家も今では幸せを絵に描いたような生活を送っている。

そんなわけで、残った小清水家のきょうだい四人の結婚も、当然ながら母の決めた相手でなくてはならないことは、界隈ではわりと周知の事実なのだ。

もちろん、幼い頃から咲良と仲が良かった浅葱も知っているはずなのだが。

「この家の出入り口の全てにカメラが設置してあって、ママの監視下にあるって浅葱も知ってるでしょ。男だろうが女だろうが、ママの知らない人間が一歩でもこの家の敷地の中に入ろうとしたら、五分で小清水の護衛《ガード》たちに踏み込まれるわよ」

そうじゃなければ、一軒家での一人暮らしなど許してもらえなかったのだ。

咲良としても、自分が特殊なオメガであるがゆえに狙われやすいことは、実体験から否応《いやおう》なく理解させられている。これまでに小清水家では、何度も誘拐未遂事件が起きているからだ。

狙いはオメガである娘たちだけではなく、アルファである双子の弟たちだったこともあったが、その全てが両親の涙ぐましい防衛策によって未然に防がれてきた。

つまり、徹底した母の監視は、保護以外の何物でもないのである。

それを分かっているから、この家に設置された大量の監視カメラにも文句を言ったことはない。

「浅葱だって、小さい頃からママが知ってるから、ここに出入りするのを許されているんじゃないの」

「……夜月《よづき》様か……」

夜月、とは母の名前だ。浅葱も小さい頃は『咲良ちゃんのお母さん』と呼んでいたと思うのだが、いつの間にか『夜月様』と敬称を付けて呼ぶようになっていた。

（……それだけママが怖いんだろうな……）

実は小清水家のオメガには、もう一つ特殊な点がある。

一般的に、オメガはおとなしく従順で消極的な性質の者が多い。それはアルファやベータに比べ、身体的に華奢《きゃしゃ》で虚弱に生まれるせいだとされていて、これもアルファの庇護欲を刺激するために、遺伝子的にそうなっているのだという説がある。

ともあれ、気弱な者が多いはずのオメガなのに、小清水家のオメガは大変に気が強いのである。

気が強いだけではない。アルファに似た気質を持ち、時にアルファすら支配下に置くと言われるほどの覇気を持ったオメガなのである。

その気高く凛々しい様子が女王か女神のようであったため、『女神胎』と呼ばれるようになったとかなんとか。

今代の当主である母は特にその気質が強く、一見するとアルファなのではないかと疑われるほど迫力があり、オメガであるにもかかわらず、海千山千の経済界の重鎮アルファと渡り合い、数々の武勇伝を作り上げた女傑なのである。

「僕、夜月様から咲良ちゃんの〝番犬〟の命《めい》を受けてるからね……」

どこか遠い目をしてフフ、と笑う浅葱に、咲良は引き攣《つ》った笑みが浮かんだ。

我が母ながら、他人様《ひとさま》の子どもを番犬扱いはひどい。

「また、そんな冗談、真に受けなくていいの。ママはあのとおり女王様気質な人だから、たまにすごいこと言っちゃうけど、浅葱のことは気に入ってるのよ」

なにしろ、あの母が、アルファである浅葱がオメガの咲良の傍《そば》にいることを、正式に許しているのだ。

なんでも、浅葱は第二の性が顕現した時に、母から『咲良の〝番犬〟としての役目を全うするというなら、傍にいることを許してあげる』と言われたのだとか。

要するに、他のアルファが咲良に近づくことを牽制しろということらしいが、そんなことを小学生の子に言い渡すなんて、やはり母は度を超している、と思うものの、年頃のアルファとオメガを一緒にしておくことの危険性を考えれば、致し方のないことかもしれない。

オメガは第二の性の顕現後、三ヶ月に一度、体内で発情期《ヒート》フェロモンを作り出すようになる。このフェロモンをアルファが浴びると、強制的に発情してしまうのだ。フェロモンによって引き出された性衝動は理性を凌駕《りょうが》する激しい本能であり、抑制するのは至難の業《わざ》だと言われている。

HTCTと呼ばれる、アルファが発情期《ヒート》フェロモンに対抗する訓練なども存在するが、一部の富裕層の間で行われているだけで、まだあまり一般的とは言えない。

母は半年に一度そのHTCTを受けることと、さらには月に一度、小清水家お抱えのフェロモン専門医に検査させることが『番犬』になる条件だとし、今なお浅葱にこれを強《し》いている。

(そんなことしなくたって、うちのみんな、めぐみ先生のおかげでフェロモンコントロールは完璧なのにね……)

めぐみ先生とは、小清水家お抱えのフェロモン専門医である。

小清水家のオメガは、第二の性が発現した時から、投薬によってフェロモンコントロールを徹底される。そのため咲良は未だ発情期《ヒート》を経験しておらず、アルファである浅葱と一緒に過ごしても、これまで一度も危険なことは起きなかった。

「ママって本当に、心配性なの。でも要するに、浅葱が私の傍にいても問題ない〝安全なアルファ〟ってお墨付きをもらったってことだから、ね？」

ポンポン、と筋肉の盛り上がった肩を叩《たた》いて宥《なだ》めると、浅葱はチラリとこちらを見た後、深いため息をついた。

「……それも大きな問題なんだけどさ……」

「え？」

浅葱の声がボソボソとしていて聞き取れずに首を傾《かし》げたが、彼はすぐに笑顔になって首を振った。

「いや、なんでもないよ。じゃあさっそく、咲良ちゃんが用意してくれた、この僕のセーターに着替えようかな」

えへへ、と嬉しそうにセーターを抱き締める大男に、咲良はついほんわかとした気持ちになってしまう。

（この笑顔に弱いのよねぇ、私）

このふにゃふにゃした笑顔を見ると、浅葱はやっぱり浅葱だな、と思うのだ。

いくら身体が大きくなろうと、どれほどイケメンだと騒がれようと、中身は出会った時から変わらない。咲良を見た途端、満面の笑顔になって抱きついてきた、あの天使のような、仔犬《こいぬ》のような少年のままだ。

咲良にとっては、守るべき、そして世話を焼いて愛おしむべき存在なのだ。

「まったく、風邪を引く前に早く着替えちゃいなさい。今、鯛茶漬け作ってあげるから。どうせ朝ご飯も食べてないんでしょう？」

「やった！　咲良ちゃんのご飯、大好き！」

「もう、ほら、火を使ってるんだから、抱きついてこないで！　危ないでしょ！」

「はぁい……」

キッチンに立つ咲良に抱きついてくる浅葱をいなしつつ、咲良はやれやれと微笑んだのだった。

＊＊＊

『僕を咲良ちゃんの番《つがい》に選んでください！』

――十二歳になった年の春、浅葱は麗《うるわ》しくも恐ろしい小清水家当主に、必死な声でそう願い出た。

それは忘れもしない、自分がアルファだと分かった日だった。

小学校では高学年の児童の血液検査の実施が義務付けられていて、これによって八割の者の第二の性別が判定される。残りの二割は、まだ顕現していないか、あるいは判別不能という曖昧《あいまい》な結果が出ることもある。またオメガの場合、他の性別と違って発情期《ヒート》があり、それによって小学校高学年以前に顕現することもあるが、一般的にオメガの発育は遅いと言われており、早熟のケースはとても稀《まれ》である。

ともあれ、小学校で性別判定検査を受けたその日に、浅葱は小清水家に呼び出されたのだ。初めての出会い以降、咲良の友人としてよく小清水の家にも遊びに行っていたので、浅葱はいつもどおり咲良に会えるのだと思ってウキウキと向かった。

だが招き入れられたのは咲良の部屋ではなく応接室で、そこには美しい着物姿の咲良の母が優雅に椅子《いす》に腰掛け、その傍《かたわ》らには側仕《そばづか》えのように寄り添う咲良の父親が立っていた。

咲良の両親がとんでもなく美しい容貌をしていることは知っていた。それまでに幾度も会っていたからだ。二人とも美人だが優しくて、友達のお父さん、お母さんとして子どもの友人に対し威圧的な面を見せたことがなかった。

だがその時の二人は、いつもの優しい『咲良ちゃんのお父さん、お母さん』ではなかった。薄く微笑みを浮かべた美貌は、笑っているはずなのにひどく冷たい。いつも『いらっしゃい』

と言ってくれた温かい笑顔はどこにもなく、夫妻の間には浅葱を拒絶するような空気が流れていた。

明らかに自分と彼らとの間に分厚く冷たい壁があり、一線を引かれたのだと子ども心に察した。

『第二の性別、アルファだったようね、浅葱くん』

第二の性の検査結果は個人情報だ。どうして今日学校で出たばかりの結果を、咲良の母が知っているのか。一瞬疑問に思ったが、『推して知るべし』というやつだとその問いを呑《の》み込んだ。

彼らは権力者だ。欲しい情報を得る手段など、山ほど持っているに決まっている。

夫妻の圧力に気圧《けお》され、恐ろしさに脚が震えそうになった。だが浅葱は腹に力を込めて、それを抑え込む。

(気圧されたら、絶対にダメだ……！)

直感的に、そう思った。この二人は今、自分を排除しようとしている。

ここで負けてしまえば、もう二度と咲良には会えないのだと、本能が伝えていた。

浅葱は背筋を伸ばして顎を上げ、まっすぐに夫妻を見て首肯した。

『はい』

すると咲良の母——小清水夜月は、美しいアーチを描く柳眉をクイと上げ、うっすらと微笑んだ。

『ふぅん。可愛い仔犬のフリをして、豪胆さは隠していたってことかしら。幼いのになかなか賢いのね。さすがはアルファ……』

愉快そうに言う妻を、夫がそっとその細い肩に手を置いて嗜《たしな》めた。

『こらこら、夜月。期待を持たせるようなことを言っては可哀想《かわいそう》だよ』

『あら、確かにそうね』

（期待させたら可哀想、か……）

穏やかな会話の内容に不穏なものを感じ取り、浅葱はぎゅっと手を拳《こぶし》に固める。

『……お話とは、僕がアルファであったから、もう咲良ちゃんの傍に置けないということでしょうか？』

咲良と会えなくなるなんて、まさに悪夢だ。出会った時からずっと、咲良は浅葱の世界の中心だった。毎日咲良のことを考え、咲良の傍にいるためならなんだってした。咲良のいない人生なんて生きる意味はないと思うほど、浅葱にとってかけがえのない存在になっていた。

それなのに、悪夢だと思うようなことをスラスラと口にできたのは、浅葱自身がずっと危惧してきたことだったからだ。

咲良と仲良くなったことに狂喜乱舞した父は、浅葱に『〝女神胎〟との婚約に漕《こ》ぎ着けろ』と、事あるごとに言うようになり、小清水家の特殊な事情を語って聞かせた。

だがそれを聞いて浅葱は、逆に絶望した。

自分が咲良の番《つがい》に選ばれる可能性はゼロに近いと悟ったからだ。

平原《ひらはら》の家は、いわゆる新興成金だ。株や仮想通貨への投資を転がして作った資金を元に、会社や土地を売買して成り上がったため、あるのは金だけで、家格もなければ、代々続いてきた家の歴史もない。

つまりは上流社会での強固な繋《つな》がりがほとんどない。

それはすなわち、稀有《けう》な『女神胎』の安寧と安全を保障する力がないということだ。

（……僕が咲良ちゃんの傍にいることを許されているのは、ひとえに彼女が僕を気に入って友人扱いしてくれているからであって、ご両親に認められたわけじゃない。そして、まだ僕の第二の性が判明していないから、危険因子と見做《みな》されていないだけだ）

小清水家の当主が、大切なオメガの娘の傍に、野良のアルファを置いておくわけがない。

浅葱がベータやオメガであったならまた違っただろうが、アルファだと判明した以上、こういう事態になるだろうことは、予測していたのだ。

浅葱の問いに、夜月は感心したように目を細める。

『あらまぁ、その年で、状況を冷静に分析する頭まであるの。思っていたよりも賢いのねえ』

『……ということは、やはり、咲良ちゃんとは引き離すおつもりということですね』

ため息を吐くように呟《つぶや》くと、夜月が白魚のような手で自分の頬を押さえ、残念そうに言った。

『ごめんなさいね。咲良があなたのことをたいそう可愛がっていたし、できるなら幼い友情を見守っていたかったけれど。でも、わざわざ危険因子を大切な娘の傍に置いておくわけにはいかないのよ。どうか分かってちょうだいね』

まるで歌っているかのように流暢《りゅうちょう》な口調でそう言うと、夜月は座っていた椅子から立ち上がる。

『お家《うち》まで送らせるわ。咲良には言って聞かせるけれど、あなたから連絡を取るような真似《まね》もしないでちょうだいね』

そう言い置くと、その場を立ち去ろうとするので、浅葱は慌てて叫《さけ》ぶように言った。

『僕を咲良ちゃんの番《つがい》に選んでください！』

それは浅葱の一番の願いだ。

咲良の番《つがい》になりたい。アルファだと分かる前、咲良を一目見た時から、彼女が自分にとって特別な存在であることが分かった。浅葱はずっと色のない世界を生きてきた。母のことも、父のことも、異母兄姉のことも好きではなかった。何かを欲しいとか、何かをしたいという欲を、誰にも、何にも抱くことがないまま生きていた。全てのことがどうでも良かった。

だが、咲良に出会って、世界が色づいたのだ。咲良の周囲だけ、光り輝いて見えた。色づいて見えるのは、咲良と過ごした時間だけだ。

(欲しいのは、咲良ちゃんだけだ。僕の人生に、咲良ちゃん以外、何も要らない)

だから、咲良の番《つがい》になりたい。

自分にとっての咲良がそうであるように、彼女の一番に——唯一無二に、自分もなりたいのだ。

だが、願いが必ず叶《かな》うわけではないことも、浅葱は十分に知っている。

案の定、浅葱の願いは夜月によって一笑に付された。

『一昨日《おととい》おいでなさい、仔犬ちゃん』

ふ、と典雅な微笑みを浮かべ、そのまま立ち去ろうとするから、浅葱はその背中に言い募った。

『僕は確かに、まだ咲良ちゃんに見合わないかもしれません。でも必ず、彼女の隣に立つに相応《ふさわ》しいアルファになってみせます！　だからどうか、僕にチャンスをください……！』

必死に頭を下げて叫んだ。なんの根拠もない、聞き分けが悪い子どもがよく使う『一生のお願い』に等しい叫びだ。信じてもらえなくて当然で、自分が向こうの立場でも一顧だにしなかっただろう。

それなのに、夜月は立ち止まった。

『……夜月？』

彼女の夫が訝《いぶか》しげに声をかけたが、夜月は浅葱を振り返る。

その美しい顔《かんばせ》に面白がるような色を浮かべ、細い指でつい、と浅葱の顎を摘《つ》まんで顔を上げさせた。

『──気が変わった。チャンスをあげてもいいわ、仔犬ちゃん』

『──っ！　本当ですか⁉』

『とはいえ、今のあなたはアルファだというだけ。社会的地位も名誉もお金もない、ただの野良犬に過ぎないわ。咲良の番《つがい》になんてなれるわけがない。でも、私を前にしてあんな啖呵《たんか》を切れるくらいの気概があるなら、咲良の〝番犬〟くらいにはなれるかもしれないわね』

にっこりと艶《あで》やかな微笑みを浮かべて言われ、浅葱は目を瞬《またた》く。

『番犬、ですか……』

『そう、番犬。咲良に集《たか》る害虫を追い払い、時に駆除する役目よ』

浅葱はパッと顔を輝かせた。

『それはつまり、咲良ちゃんの傍にいていいということですか……⁉』

『そうね。傍にいないと咲良は守れないもの。でも、いいこと？　あなたはあくまで〝番犬〟

で、ご主人様である咲良を襲ったりしてはいけないの。もしそんなことをしようものなら、死んだ方がマシだと思うような目に遭うということを覚えておきなさい』

つまり『番犬』の役目を仰せつかれば、咲良に手を出してはいけないが、傍で他の男が近づくことを阻止できるということだ。まさに、願ってもない役目だ。

（それでいい。元々、今の僕が咲良ちゃんの番《つがい》に選んでもらえるとは思ってなかったんだから。咲良ちゃんの傍にいられるなら、今はそれで十分だ）

浅葱は即座に頷《うなず》いた。

すると夜月は満足そうに目を細め、『じゃあさっそく、ＨＣＴＣを受けてきなさい。発情期《ヒート》フェロモンに耐えうると証明しない限り、咲良に近づくことは許しませんよ』と言い放った。

ＨＣＴＣとは、アルファに人工的に作られた発情期《ヒート》フェロモンを少量嗅《か》がせ、沸き起こる性衝動を意志の力で抑え込む訓練だ。存在することは知っていたが、特殊な訓練であるため、自分には縁のないものだと思っていた。

『受けさせていただけるんですか……？』

『あなたのためじゃあないわ。私の可愛い娘のためよ。娘の傍に躾《しつけ》のできていない番犬を置くわけにはいかないもの』

あくまでお前は『番犬』に過ぎない、と言外に念を押され、浅葱は苦笑する。

『ありがとうございます。咲良ちゃんの番《つがい》になるための、第一歩だと思って頑張ります！』

（――そうだ。今はまだ『番犬』に過ぎなくとも、必ず咲良ちゃんの番《つがい》になってみせる！）

自分自身に誓いながら大胆不敵な宣言をすると、咲良の両親は呆《あき》れたように顔を見合わせた。

『野望を抱くのは勝手だけれど、道は果てしなく遠いわよ』

『望むところです』

咲良を得るための道が、かろうじて繋がったのだ。

繋がってさえいればいい。途切れさえしなければ。

あとはがむしゃらに努力すればいいだけだ。

こうして、晴れて咲良の『番犬』として彼女の傍にいることを正式に認めてもらえた浅葱だったが、番犬の役目だけをこなしていたわけではない。

咲良に相応しいアルファとなるために、まずは父親である平原の籍に入った。

新興成金とはいえ、それなりに資産と事業を持っている父の家を利用しない手はない。

平原の家へ移ってからも、事は呆気《あっけ》ないほどスムーズに進んだ。

凡庸な異母兄姉を追い落とすのは赤子の手を捻るようなものだったし、面倒だった継母すら、浅葱への傷害の証拠を押さえて警察へ行くと脅《おど》せば、あっという間におとなしくなった。

元より強いアルファ信仰を持つ父は、浅葱の言うことを疑うことすらしなかった。

これほど愚かな連中にどうして怯えていたのかと、過去の自分を不思議に思うほどだった。平原の後継者になるだけでは、『女神胎』の番《つがい》となるにはまだ足りない。

ひとまず自分の実力を試すためにシステム開発会社を作ってみたり、それを売ってみたりして個人資産を増やしつつ、いわゆる社交界という場所に出入りしてコネクションを作っていった。

成金の息子であっても、浅葱の行っている事業内容や資産は実績としてカウントされ、それなりの扱いを受けることができる。経営に携わっている者であれば、己の利益となる者であれば、相手の出生や育ちに対して鷹揚《おうよう》な態度を取る者は少なくないのだ。

無論、腹の中では蔑《さげす》んでいるのかもしれないが、浅葱にとっては相手の胸の内などどうでもいいのでお互い様だ。

要は、咲良を守れるだけの人脈作りができればいい話なのだから。

あとは自己研鑽《けんさん》にも力を注いだ。

勉強はもちろん、体力作りやテーブルマナー、会話術、上流階級の口調や所作の訓練など、咲良の隣に立つために必要な知識や技術は全て詰め込んでいった。

これら全てを学業と並行して行っていたため、振り返ってみれば、寝る暇もないほど多忙な十代を過ごしたと思う。

だが、全く苦痛だと感じなかった。

一つ知識を得るたびに、一つ技術を習得するたびに、咲良に一歩ずつ近づいているのだと実感できたからだ。

——全ては、咲良の番《つがい》となるために。

二十五歳になった現在でも、浅葱はそれだけのために生きている。

これまでも、これからも、ずっと。

「咲良ちゃん、この鯛茶漬け、めちゃくちゃ美味《おい》しい……！」

彼女の手作りの料理を平らげながら言えば、浅葱の女神は呆れた顔をしながらも微笑んでくれる。

「北陸のお魚は美味しいでしょう？　まだお代わりもあるから、たんとお食べなさい」

「ありがとう……！　僕、幸せ……！」

「大袈裟《おおげさ》ねぇ。……あ、ほら、もう、ほっぺたにご飯粒が付いてる」

「え？」

それは子どもみたいでさすがに恥ずかしい、と慌てて手で顔を探ろうとしたが、「待って」と咲良の囁《ささや》くような声がした。

ご主人様に「待て」と言われたら、動きを止めるのが番犬の性《さが》というやつだ。

ピタリと動きを止めた浅葱の頬に、白く嫋《たお》やかな手が伸びてきて、頬の米粒をそっと取ってくれる。

ふわり、と甘い香りがして、ゴクリと思わず喉が鳴った。

朝露に濡《ぬ》れたスイカズラのような、蜜感のある芳醇《ほうじゅん》で瑞々しいグリーンフローラル——咲良のお気に入りの香水だ。創業百年を誇る老舗《しにせ》メゾンの香水は、数年前のクリスマスに浅葱がプレゼントしたものだ。

自分の選んだ香りを咲良が付けてくれた満足感に加え、体臭を嗅ぎ取れるほど近くに彼女の身体があると思うと、感じてはいけない高揚感が込み上げてきそうになって、浅葱はぎゅっと奥歯を噛《か》み締める。

（……ダメだ、落ち着け。今はまだ、その時じゃない……）

咲良に触れたい。男として、番《つがい》として。

抱き締めたい。キスをしたい。触れ合いたい。その美しい身体の全てをこの目に焼き付け、余すところなく触れて、自分のものにしてしまいたい。

愛する女の傍にいて、その欲望を抱かない男はいないだろう。

だが、今の自分ではまだダメだ。

小清水の当主にまだ許可を得ていないし、なにより咲良自身が、浅葱に対してそういう感情を抱いていない。

浅葱は咲良を心底愛しているが、だからこそ彼女に無理強いをしたくない。

彼女の意志を曲げてまで、自分を愛してほしいとは思わない。

咲良には咲良の心のままに生きてほしい。

優しくて正義感が強く、自分が感じたことを信じる、まっすぐな彼女を愛している。

咲良が折れるところや、無理強いされるところなど絶対に見たくない。そんなことは許せない。

(僕は、咲良ちゃんを守るために強くなったんだ)

ありのままの咲良を守り抜きたい。大切にしたいのだ。浅葱の一等大事な宝物なのだから。

(だから、早く僕を好きになって、咲良ちゃん)

無理強いするつもりはない。

だが、何もしないでいるほどバカではない。

彼女の一番傍で、彼女が一番長く共に過ごす者となって、自分以外見えないようにして、自分を愛さざるを得ない状況に追い込めばいい。

(——勝算はあるんだ)

小清水家の子どもであるゆえに、咲良は警戒心が強く、少しでも違和感を抱いた者を傍に置かない。

その咲良が、浅葱を傍に置いてもう十年以上経《た》つ。

そんなにも長い間一緒に居続けることができるなら、愛は存在するはずだ。

——ただ、咲良自身が気づいていないだけで。

自惚《うぬぼ》れと言うなら言えばいい。

だが浅葱は、初めて会った時から確信している。

(咲良ちゃんが、僕の番《つがい》だ)

誰がなんと言おうと、それは絶対正しいのだ。

「ほら、取れた」

浅葱の頬に付いていた米粒を見せ、揶揄《からか》うように笑う咲良を見ながら、浅葱は米粒を摘まんだ彼女の手を掴《つか》んだ。

「ん？　浅葱？」

不思議そうに首を捻る咲良にうっそりと微笑む。

その表情に何か感じるものがあったのか、咲良がハッとした表情になる。

(……そうだよ。感じて、咲良ちゃん。僕は、〝アルファ〟だ)

自分が今、『番犬』の顔ではなく『男』の顔になっていることを、浅葱は自覚していた。

彼女の手を自分の口元へ持っていくと、摘まれた米粒を彼女の指ごとパクリと食べる。

「浅葱！」

細い指を口の中でゆっくりと舐《な》めてやると、咲良の手がビクッと震える。

その初心《うぶ》な反応を愛おしく思いつつ、指の形をなぞるように舌先を這《は》わせようとした時、べシッと額を叩《たた》かれた。

「いで」

「やめなさい、この駄犬！」

顔を真っ赤にした咲良が、浅葱の手から自分の手を引き抜き、キッチンのシンクへと走っていく。

そしてジャバジャバと蛇口から水を出して手を洗うものだから、浅葱はちょっとしょんぼりしてしまう。

「ええ〜……。そんな必死に洗わないでよ……傷つくんですけど」

「うるさい！　君が舐めたんでしょうが！」

「えー、だって、咲良ちゃんいつもご飯茶碗に残った米粒食べなさいって言うでしょ……」

「それとこれとは話が違う！」

キャンキャンと吠《ほ》えるように叱《しか》ってくる咲良の顔は、りんごのように真っ赤なままだ。

それに満足して、浅葱はいつもの『番犬』の顔に戻る。

「ごめんね、咲良ちゃんの指に付いてたご飯粒、美味しそうだったから、つい……」

「だからって、指まで食べるバカがいますか！　本当にもう、犬じゃないのよ、君！」

「ごめ～ん」

いつものやり取りをしながら、浅葱は『番犬』から卒業する機会を、虎視眈々《こしたんたん》と狙い続けるのだった。

第二章　番犬の『番』は……

取り組んでいた大皿がようやく納得のいく形に仕上がったため、電動ロクロのスイッチを切る。

秋に開催することが決定している個展で、メインとなる大きな作品が欲しいと思っていて、それを作っている最中なのだ。今作っているもので四つ目だが、なかなか思うようにならなくて四苦八苦している。

（今回はうまくいくといいけど……）

とりあえず成形は上出来だったが、この後の工程がうまくいくとは限らない。

素焼き、施釉《せゆう》、本窯焼きの後、九谷焼《くたにやき》の持ち味である呉須《ごす》の黒と九谷五彩《くたにごさい》の計六色で絵付けをしていく。そして上絵《うわえ》窯焼きの後、完成だ。

一つの作品ができるまでの道のりは長く、どこで失敗するかも分からない。それでも納得のいく作品を作りたくて、毎日試行錯誤の繰り返しだ。

成形に時間をかけたため、凝り固まってしまった首を回しながら、咲良《さくら》は水場へ向かう。身体のあちこちに粘土がこびり付いてしまっているが、とりあえず手を洗わないことには何もできない。

「えーん、冷たい～」

工房にもボイラーは設置してあるが、なにしろ冬の北陸《ほくりく》なのでお湯になるまでしばらくかかる。氷のような水で手を濯《すす》ぎながら独りで泣き言を言っていると、作業台の上に置いてあったスマホが振動し始めた。

「うわわわわ、待って待って！」

焦りつつ残っている腕の泥を落とし終えると、タオルで手を拭きながらスマホを手に取る。

画面を見ると、そこに表示されていたのは『ママ』の二文字だ。

「ぎゃー！　ママだ！」

最愛の母だが、小清水《こしみず》家の大変厳しい当主でもある。

母からの電話だと思うと背筋を伸ばさなくてはと思ってしまう。

多忙な母が電話してくるなんてよほどのことだし、大抵はアドバイスというか、注意というか、要するにお小言であることが多いからだ。母とはそういうものなのかもしれないが。

通話マークをタッチして『はい』と言うと、スマホから典雅なアルトが聞こえてきた。

『咲良ちゃん？　電話に出るのが遅くないかしら？　何度もかけたのよ』

一言目からお小言である。しかも、どうやら何度も電話していたらしい。咲良は作業に没頭すると、周囲の音が聞こえなくなる癖があるのだ。

うっ、と言葉に詰まりつつ、咲良は慌てて謝った。

「ごめんなさい。粘土の泥を落とすのに手を洗ってて……」

『まあ、また過集中になっちゃってたのねぇ。咲良ちゃんったら、相変わらず芸術家気質なんだから……。クリエイターとしては仕方のないことかもしれないけれど、電話の音くらい気がつけるようにならないと、非常事態になった時に困るでしょう？　ママ、心配だわ』

「はい、気をつけます……」

以前から母にはそのことで苦言を呈されていたので、咲良はしょんぼりと肩を下げる。

なにしろ『女神胎《めがみばら》』を狙った誘拐未遂事件は過去に前例がありすぎるので、母が心配するのはもっともなのだ。

（とはいえ、工房《ここ》にも自宅同様、セキュリティシステムをこれでもかってくらいに張り巡らせてるんだけどねぇ……）

何かあれば小清水の護衛《ガード》たちがすっ飛んでくるようになっているのだ。

「ええと、それで、電話をくれたのは……」

話題を変えたくて咲良が切り出すと、母は『あら、そうだったわ』と明るい声を出した。

『パパとね、あなたのお相手をそろそろ決めなくちゃって言っていて……』

「え？　お相手って……？」

なんの相手だろうか、と首を捻《ひね》った咲良は、母の返事にギョッとなる。

『あら、決まっているでしょう。あなたの番《つがい》——結婚相手よ』

「結婚相手⁉」

思わず素《す》っ頓狂《とんきょう》な声が出てしまい、誰もいないのに慌てて口元を手で覆《おお》った。

電話の向こうで母が呆《あき》れたようにため息をつく。

『そんなに驚くようなことではないでしょう？　あなたももう二十六歳になるんだし』

「そ、れは、そうだけど……。でも羽衣《うい》ちゃんだって結婚したのは二十七歳だったし……」

だからもう一年くらいは余裕があると思っていた。

『羽衣ちゃんは元々婚約していて、結婚相手は決まったようなものだったでしょう。あなたは決まっていないのだから、そろそろ決めなくてはね、という話よ。それに、六花《りっか》ちゃんはあなたの年でもうお母さんになっていたわよ？』

「た、確かに……」

『それに、六花ちゃんがああなってしまったのも、私が早くから婚約者を決めておかなかったせいかもしれないと思っていて……』

「……そ、んなことは……ないと思うよ？」

次姉《じし》の六花は、母が相手を選ぶ前に、行きずりのアルファと番《つが》って妊娠し、小清水の家から勘当されていた。厳しい処分ではあったが、その決断に一番心を痛めていたのは他ならぬ母だということを、子どもたちは皆分かっている。

母としての自分と、小清水家の当主としての自分との間で、相当に葛藤したのだろう。

六花の一家のことを常に気にかけながらも、表立って六花たちに会いに行くことができないジレンマは、今なお母を苦しめているのだ。

「先月も会ったけど、六花ちゃん、幸せそうだったたし……」

六花の夫である一ノ瀬《いちのせ》柊《しゅう》の実家は、奇《く》しくもこの金沢《かなざわ》にあるため、咲良はたびたび次姉一家と会っているのだ。そのたびに一家の様子を両親に伝えているのだが、母はニコニコと聞きながらもいつもどこか寂しそうだ。

(子どもが大好きな人だから、孫に会えないのは寂しいんだろうなぁ……)

羽衣のところにも孫はいて、それはそれは大変な祖父バカ祖母バカっぷりを披露しているが、それはそれ、なのだろう。

『幸せでなかったら困るわ』

そう言う母の声は妙にドスが利いていて、言葉の裏に六花の夫への『私の娘を幸せにしないとどうなるか、分かっているんでしょうね』という脅《おど》しのような怨念が隠《こも》っているのが分かった。

（……柊さんも大変だなぁ……）

咲良は、つい六花の夫への同情を抱いてしまう。

彼は自分の番《つがい》に出会ったと歓喜した矢先、翌朝にはその番《つがい》に逃げられて、二年間血を吐《は》くような想いで探し回っていたという可哀想《かわいそう》なアルファである。おまけにやっとの思いで見つけた番《つがい》は、自分に内緒で子どもまで産んでいたのだから、さぞかしショックを受けたことだろう。

小清水家の複雑な事情のせいで致し方なかったとはいえ、六花の件で割を食ったのは柊であったことは確かだ。

それでも柊は全てを許し、今なお六花を心から愛し守ってくれている、心の広いアルファなのだ。

以前咲良は、六花が柊に無理強いされているのではと疑い、彼に食ってかかったことがある。

小清水家のきょうだいの中では珍しく、気が弱く押しに弱いタイプの次姉が心配だったゆえとはいえ、今から思えば事情も知らないのにずいぶん失礼なことをしてしまったものである。

後日きちんと謝罪したところ、柊は笑って許してくれた。

（あんなに失礼な態度を取ったのに、許してくれるなんて、器が大きいよね、柊さんは……。いい人なことを知ってるだけに、ママにこんなに嫌われてて、気の毒になっちゃう……）

母にとって柊は、大切な娘を掠《かす》め取った鳶《トンビ》野郎なのだろう。とはいえ、そんな母も六花や孫娘の早織《さおり》が幸せである以上、文句も言わず介入もしないつもりのようだ。

母はやろうと思えばどんなことでもできてしまう金と権力とコネクションの持ち主だ。柊を排除しようと思えばいくらでもできてしまう人であるがゆえに、介入しないことが『柊を認めている』という意思表示であるのかもしれない。

『まあ、ともかく、あなたのお相手に良さげなアルファを見繕ってみたの。あなたの番《つがい》候補ってところかしら。来週会ってみてちょうだい』

「えっ⁉　来週⁉」

『ええ。何か予定があった？』

「な、ない、です……。でも、急すぎない？　私にも、心の準備とか……」

ゴニョゴニョと口籠《くちご》もっていると、母がピシャリと言った。

『咲良ちゃん、あなた何年小清水の娘をやっているの？　心の準備をする時間なら、二十六年間もあったでしょう』

柔らかいが有無を言わさない圧力の籠もった声色に、咲良はゴクリと唾を呑《の》んだ。

「――はい。そのとおりです。来週、その番候補《つがい》の方にお会いします」

『よろしい。では先方と段取りをつけるから、詳細が決まり次第、また連絡するわね』

母の満足げな「それじゃあね」と言う声の後、通話は途切れた。

スマホを投げるようにして作業台の上に置くと、咲良はどさりとパイプ椅子《いす》の上に腰を下ろす。

身体の力が一気に抜けた。これは母との電話が緊張したからではない。ずっと逃げ続けてきた運命が、すぐ真後ろまで迫っていると気づいたからだ。

「あ～……、とうとう来ちゃったかぁ、この時が……」

呻《うめ》くような嘆き声が、工房の高い天井に情けなく響いて、霧散していく。

「……結婚……。番《つがい》、かぁ……」

ぼんやりと口にした言葉が、自分の表面を上滑りしているように思えて、咲良はため息をついた。

「分かってたことでしょう、咲良。しっかりしなさい」

子どもの頃から言われてきたことだし、納得もしている。

それなのに、どうしてこんなにも憂鬱《ゆううつ》な気持ちになるのだろうか。

小清水家のオメガとして生まれた以上、母の選んだアルファと政略結婚することは決定されている。それが権力だの金だのといった母の利己的な願望でそうするのではなく、傲岸不遜《ごうがんふそん》なアルファたちに『女神胎《めがみばら》』を搾取させないようにするためだと理解しているから、それに不満を抱く子どもは、きょうだいの中に一人もいなかった。

（そもそもママは、社会的にオメガの境遇を改善しようとしているから……）

オメガ保護法の制定以降、オメガを取り巻く環境は大きく改善されたとはいえ、水面下での差別がなくなったわけではない。オメガは身体的・精神的に脆弱《ぜいじゃく》であることや、三ケ月に一度発情期《ヒート》があることから、現実的に就学や就職に不利だからだ。もちろんフェロモン抑制薬によって体調管理は可能だが、自律神経系の生体反応のコントロールは崩れやすいのが定石で、抑制薬を飲んでいても発情期《ヒート》を起こしてしまうことも少なくない。そうなれば数週間から一月という長期間仕事を休まざるを得ず、職場としてはあまり雇いたくない人材であることは否《いな》めないだろう。

一応、オメガだからという理由で雇用しなかったり解雇したりしてはいけないと法律で定められてはいるが、別の理由などいくらでも作ってしまえるのが現状だ。

もちろん、突出した能力を持っていれば就学も就職もできるパターンもあるが、全てにおいてアルファはもちろん、ベータと比べても劣ると言われているオメガにとって、それはごく稀《まれ》な例である。

(羽衣ちゃんって、稀有《けう》な例なんだろうなぁ)

長姉《ちょうし》の羽衣はオメガであるにもかかわらず、難関大学を首席で合格し博士号まで取得した秀才である。

とはいえ、『女神胎』はアルファに似た気質を持つ特殊なオメガであると言われているので、例外と言えるのかもしれないが。

就学も就職も難しいとなれば、オメガにとってアルファとの結婚が生き延びる術《すべ》の一つであることは言うまでもない。年若いオメガが、生き延びるために二十歳以上も離れたアルファと番《つが》うという話も、実は珍しいことではないのだ。

つまりオメガにとって、この社会はまだまだ真に生きやすい場所ではないということだ。

そんな中、小清水家がオメガの自立支援を促すための活動を行っていることは有名だ。

オメガを対象とした奨学財団や、就職支援施設、さらには保護シェルターなどを設立、運営している。

『オメガだからという理由で、自尊心を奪われるような理不尽を受けていいはずがないわ。己の人生は己のものよ。オメガにだって強く生きる術はある。私はそれを全てのオメガに伝えたいの』

いつだったか、保護シェルターに見学に行った時、母がそう言っていたのを思い出す。

確かにオメガに生まれてしまえば、番《つがい》を作るまでアルファから狙われ、平穏を脅《おびや》かされる人生を送らなくてはいけない。

オメガは番《つがい》を持つと、番《つがい》以外には発情しなくなるし、番《つがい》以外の子を孕《はら》まなくなる。番《つがい》を持つことで、他のアルファの興味を引かなくなるため、昔は身の安全のためにオメガは早めに結婚させるべきだと言われていたくらいだ。

だがその番《つがい》関係も、『発情期中《ヒート》に性行為を行い、膣内射精をされながら項《うなじ》を噛《か》まれる』という特殊な状況で成立するものであり、受け入れる側であるオメガに選択権はない。アルファがオメガの意志を無視して、強姦《ごうかん》という形で番《つがい》契約を強引に結んでしまうことが可能だからだ。

しかも、一度番《つがい》契約を結んでしまえば、オメガには解消する術がないが、アルファは自由にそれができてしまう。番《つがい》であるアルファに捨てられれば、自立できないオメガに待っているのは悲惨な人生だ。

過去に多くのオメガが、アルファによって繁殖用の動物か何かのように扱われ死んでいったが、その壮絶で醜悪な歴史を踏まえ、改善を試みている今なお、オメガの人生はアルファによって支配されていると言わざるを得ない。

母の夜月《よづき》は、そういうオメガの境遇を変えたいと考えている人なのだ。

『オメガだからなんだと言うの。人であることに変わりはないわ。私たちにだって戦う牙《きば》が……己を不当に侵害する者を退《しりぞ》ける力があるのよ。私たちにも自分の人生を謳歌する力があるってことを、私は全てのオメガに気づいてほしいと思っているの』

ことあるごとに、母は子どもたちにそう言って聞かせてきた。

母はオメガのために、おそらくこの世界で最も尽力している人なのだ。

咲良はそんな母を尊敬しているし、誇りに思っている。

子どもたちに政略結婚を強《し》いるというのは、一見すれば子どもの自立や権利を奪っているように見えるだろうが、そうではない。

政略結婚が『子どもが自由を得るための最も効率的な方法』であるがゆえなのである。

オメガにとって、番《つがい》を得ることは諸刃《もろは》の剣《つるぎ》だ。番《つがい》を得ることで番《つがい》以外のアルファから狙われることはなくなるが、その番《つがい》がロクデナシだった場合、虐待されたり捨てられたりする可能性もある。

だがアルファに似た気質を持ち、時にアルファすら支配下に置くと言われる『女神胎』の場合、それは自由への第一歩だ。

番《つがい》選びにさえ成功すれば、オメガである娘たちは自由に生きられる――母はそう考えているのだ。

『いいこと？　結婚は終わりじゃないの。むしろ、始まりよ。番《つがい》契約を結んだからといって、その番《つがい》を生涯愛さなくてはいけないわけじゃないわ。嫌なら捨てたっていいの。番《つがい》なんていなくたって、私たち《オメガ》は幸福に生きていけるわ。誰かに依存する人生なんてクソ喰《く》らえよ。あなたの人生は、あなたのもの。私はあなたたちに、己の人生の責任は己で取る生き方を教えてきたつもり。人生を謳歌しなさい、可愛《かわい》い娘たち！』

母は番《つがい》を唯一無二のものではなく、『自由を得るための道具』だと思っている。

（……それこそ、〝運命の番《つがい》〟であったら別だろうけど）

『運命の番《つがい》』とは、遺伝子的な相性の良さが百パーセントのアルファとオメガのことだ。

この場合の相性とは生殖のことを指し、『運命の番《つがい》』のカップル間の生殖行為では必ず妊娠する。

『運命の番《つがい》』に出会う確率は奇跡に近いが、出会ったが最後、お互いに身も心も惹《ひ》かれ合い、引き離せばアルファは狂い、オメガは衰弱死すると言われている。

（本当に〝奇跡〟なのか、なんだか疑っちゃうけどね……）

半信半疑になってしまうのは、咲良の両親である小清水夜月と朔太郎《さくたろう》の夫婦、そして長姉の羽衣と夫の桐哉《きりや》夫婦が、その『運命の番《つがい》』であるからだ。

一世紀に一組現れるか否かと言われている『運命の番《つがい》』を二組も出しているのだから、それがまた小清水家の神秘性を高める要因にもなっていて、『女神胎』への求婚は増える一方だ。

長姉・羽衣と次姉・六花はすでに番《つがい》を得たため、残る『女神胎』は自分と妹の麻央《まお》の二人しかいない。

なんとしてでも『女神胎』を得たいアルファたちは、小清水家の動向を戦々恐々として窺《うかが》っているに違いない。

（小清水の当主は代々オメガって決まっているみたいだし、私か麻央ちゃんか、どちらかがなるはずなんだけど……）

一番下の双子の弟、八雲《やくも》と東雲《しののめ》はどちらもアルファなので、後継者になるとは考えにくいのだが、この件について母が言及したことは一度もないのだ。

自分と麻央のどちらを後継者に据えるつもりなのかは分からないが、母が自分を後継者に選んでくれたなら、その期待に添えるよう尽力したいし、妹が選ばれれば心から祝福する。

尊敬し、信頼する母の選択ならば、どちらであっても受け入れる覚悟はある。

「……そう、思っていたんだけどなぁ……」

それなのに、ボソリと口から漏《も》れ出たのは、そんな情けないセリフだ。

いつかは自分も番《つがい》を得なくてはいけない——分かっていたはずなのに、億劫《おっくう》で仕方ない。

「……だって番《つがい》を得るってことは、生活が変わっちゃうってことだし……」

咲良は今の生活がとても気に入っている。

自分のこだわりを詰め込んだ家に住み、自分のお気に入りの道具を使って、自分が美味《おい》しいと思った料理を作り、陶芸作家として作品作りに没頭する毎日。幸いにして咲良の作品は人気があり、個展ではほとんどの作品が売れてくれるため、親からの援助がなくとも十分に食べていけている。自分の足で立ち生きているという自信を与えてくれるこの生活は、咲良にとって安寧と幸福の象徴だ。

番《つがい》ができるということは、この咲良が作り上げた完璧な生活に、別の人間が入り込むということだ。

（……私、それに堪えられるのかしら……？）

正直なところ、自分の生活に知らない誰かが入り込むと考えただけで、うんざりしてしまう。その人に会うために時間を割いたりするのも嫌だと思うのに、知らない人間が自分の生活空間に入り込むなんて、とんでもない。

「ママとパパと、きょうだいたちと、浅葱《あさぎ》みたいに、家族だったら全然いいんだけどさ……」

そう呟《つぶや》いて、自分で「あれ？」と目を瞬《またた》く。

今自分で羅列した人たちの中で、浅葱は家族じゃないことに気がついたのだ。

「……でもまあ、浅葱は家族みたいなものだしね」

なにしろ、血の繋《つな》がった家族よりも会う頻度が高い。家族でなくてなんだと言うのか。

先日も早朝から唐突にやって来た幼馴染《おさななじ》みの顔を思い浮かべ、咲良はフフッと小さく噴き出した。

あの時浅葱は、咲良の作った鯛《たい》茶漬けを平らげた後、薪《まき》ストーブの前のカウチソファで眠ってしまった。大きな身体を丸めて毛布に包《くる》まって眠る姿がゴールデンレトリバーそのもので、思わず写真を撮ったくらいだ。

「お腹いっぱいになったら寝ちゃうとか、本当にワンコよねぇ。まあ、そういうところが憎めないんだけど……」

浅葱は翌日から仕事だったので、来た日の夜の新幹線で東京《とうきょう》に戻っていったが、帰る時には半べそで『咲良ちゃんと離れたくない……！』と縋《すが》りついてきた。それはもう帰る時の儀式のようになっているので、咲良はハイハイと適当に宥《なだ》めて引き剥《は》がしたが、そこまで懐かれると悪い気はしないのが本音だ。

もし浅葱以外の人に同じことをされたら、多分咲良はその人と縁を切るだろう。

アポなしに早朝から人の家に押しかけた挙《あ》げ句《く》、朝ごはんを食べさせてもらってリビングで昼寝なんて、図々《ずうずう》しいにもほどがあるというものだ。

そもそも浅葱じゃなければ、どんな知り合いだろうと、早朝に押しかけてきた時点で門前払いである。

「……私、浅葱にはすごく甘いわよね。なんでかしら……？」

改めて考えると、自分のことながら疑問に思ってしまう。

やはり小さい頃から面倒を見てきたからなのだろうか。

自分でも首を傾《かし》げつつ、先ほど投げたスマホに手を伸ばす。写真のフォルダーをタップすると、最初に浅葱の寝顔が出てきた。

長い睫《まつ》毛《げ》を伏せた端正《たんせい》な美貌はまるでモデルか俳優のようで、とても一般人とは思えない。

だが咲良の目には可愛いワンコに見えるから不思議である。

「……番《つがい》ができたら、浅葱とはもう頻繁には会えなくなっちゃうかもしれないな……」

夫となるアルファがいるのに、別のアルファを家に侍《はべ》らせておくわけにはいかないことくらいは、さすがの咲良にも理解できる。

可愛がっている幼馴染みに会えなくなる寂しさに、胸がぎゅっと軋《きし》んだ。

その痛みに唇を噛《か》みながら、咲良はスマホを置いたのだった。

＊＊＊

スマホにメッセージが届いたのは、ちょうど会議を終えた時間だった。

浅葱は正式に平原《ひらはら》の後継者となり、大学では経済学を専攻し、卒業後は平原が所有している複数の会社の常勤顧問として働いていた。

平原は『会社を所有している』と言ってもその筆頭株主であるだけで、経営は株主総会で選任された者に任せている。父親は浅葱に所有する資産の運用を丸投げし、自分は悠々自適の隠居生活を送ろうとしていたようだったが、浅葱はそれを却下した。父親と同じことをしていても、欲しいものは得られない。浅葱が必要としているのは、咲良の番《つがい》に選んでもらえるだけのコネクションと権力なのだから。

（コネクションを作るためには、自ら動き他者との関係性を築いていかなくては）

コネクションとは、人と人の繋がりだ。人から信頼を得るには、実際に会ってコミュニケーションを取ることが最も手っ取り早い方法だと浅葱は考えている。

そのため平原以外の株主《オーナー》や経営陣と接触できる顧問という立場に身を置くことにしたのだ。

だが、浅葱は筆頭株主の息子とはいえ、大学を卒業したての若造でしかない。

普通に考えれば顧問になどなれるわけもないが、浅葱は学生時代にアプリ会社を立ち上げ、大きな成功を収めていた。その会社はすでに売ってしまったが、それを皮切りに複数の会社の起業・運営に関わっており、学生時代にすでに両手の数ほどの会社の経営者としてその手腕を振るっていたという異例の経歴を持っていた。

加えて『アルファ』という印籠を突きつければ、各社の株主らは両手を上げて浅葱を顧問に迎え入れてくれた。

複数の会社を受け持っているため、基本的に仕事は自分が構えている事務所で行っているが、必要があればその会社に出勤することもある。

今日は都市開発をメインとしている大手ディベロッパーへ、会議に参加するためにやって来ていた。

ここの経営陣は六十を過ぎた者が多く、頭が固く保守的なくせに利益には執着する業突《ごうつ》く張《ば》りばかりで、会議がなかなか進行せずイライラしたが、なんとか終えることができた。

やっと帰れる、とホッとしたのも束《つか》の間《ま》、スマホのアプリに入ってきたメッセージを見て、浅葱は重いため息をつく。

『番犬ちゃん、早く降りてきてちょうだい』

（いや、どういうことだよ……）

降りてきて、とはどこからだ。まさか浅葱が今この会社の建物にいて、会議を終えたことまで把握しているということか。

そんなバカな、と思うものの、そうであってもおかしくない相手である。

こちらの都合など一切考慮していないこのメッセージの送り主は、言うまでもなく小清水の当主だ。

（他にこんな傍若無人なメッセージを送りつけてくる人はいないからな……）

他の誰かにこんな真似《まね》をされれば無視の一択だが、相手は愛する咲良の母親である。今自分が彼女の傍にいられるのも、小清水の当主の許しがあるからだ。

決して気分を損ねてはならない相手ゆえに、浅葱は『了解いたしました』と返してスマホの画面を閉じ、急いでエレベーターに乗った。エントランスの前には黒塗りのリムジンが横付けされていて、浅葱が出て行くとゆっくりとそのドアが開いた。

中に鎮座していたのは、艶《つや》やかな黒髪を結い上げ、柔らかな橙色《だいだいいろ》の着物を着た絶世の美女――小清水夜月だった。

その隣には、彼女の夫、朔太郎も乗っている。

夜月の圧倒的な美貌に隠れがちだが、朔太郎の美しさもかなりのものだ。夜月が金銀宝石といった輝かしく華やかな美貌なら、朔太郎は降ったばかりの新雪のような、余計なものを削ぎ落とした静謐《せいひつ》な美しさである。

（……ご夫婦お揃《そろ》いでお出ましとは……）

夜月だけでも相当な迫力があるのに、朔太郎も一緒となるとその迫力は倍以上である。

ドアの前で美しすぎる夫婦に見惚《みと》れてしまった浅葱に、夜月が面倒くさそうに手にした扇を一振りする。

「早くお乗りなさい」

「――はい。失礼します」

この二人の隣に座るのは気が引けて、向かいの席に腰掛けたが、目の前に二人がいることになって心の中で失敗したなと思った。

（圧が……強い……）

直視するには、この二人は迫力がありすぎるし顔面も強すぎる。

アルファである浅葱であっても、この夫婦を前にすると気圧《けお》されてしまう。

彼らの存在は、海千山千を通り越してバケモノクラスなのだから仕方ないが。

とはいえ、気圧されてばかりいては話が進まない。

車が静かに発車するのを待って、浅葱は静かに切り出した。

「――それで、今回はどのようなご用件でしょうか」

浅葱の問いに、夜月は扇で口元を覆《おお》いながらニコリと笑んだ。

その微笑《ほほえ》みに嫌なものを感じて、浅葱は少し眉間に皺《しわ》を寄せる。

（……この人が僕に笑いかけるなんて……）

子どもの頃を除き、夜月が浅葱に対して寛容であったことはほとんどない。

夜月に言わせれば、アルファであるくせに咲良の傍にいることを許されている時点で、かなり寛容な対処なのだろうが、基本的に『番犬』という扱いしかされていない。『飼い主である咲良を襲えば、容赦なく撃ち殺してやる』という脅しがその身から常に滲《にじ》み出ているため、微笑まれたことなど滅多にない。

何を言われるのだろうか、と腹に力を込めた時、夜月が優雅な口調で言った。

「そろそろ、咲良ちゃんの番《つがい》を決めようと思うのよ」

全身の血が逆流するかと思った。

(今、なんと言った？　咲良ちゃんの番《つがい》を決める？)

そんなこと、許さない。咲良の番《つがい》は自分だ。彼女を最初に見た時からそう決めていた。

他のアルファが彼女と番《つが》うなど、絶対に許さない。

(咲良ちゃんを僕から奪う？　許すわけないだろう。そんな奴、全員片っ端から殺してやる……！)

爆発しそうなほどの怒りが込み上げ、浅葱は奥歯を噛み締める。

(……落ち着け。感情を抑えろ)

ここで怒りを爆発させれば、その段階で自分は排除されるだろう。

この夫婦にはそれだけの力がある。咲良に近づくことはおろか、社会的にも経済的にも抹消される。下手をすれば命すらないかもしれない。

それでは本末転倒だ。

目的は——欲しいのは、咲良だけ。

(咲良ちゃんを番《つがい》にする可能性をゼロにしないために、どうすればいいか考えろ)

頭の中で考えを巡らせることで怒りは鎮まっていき、浅葱はゆっくりと口を開く。

「決めようと思う、ということは、まだ決定してはいないのですね？」

浅葱の押し殺した声色に、夜月は愉快そうに目を細めて頷《うなず》いた。

「まあ、そうね。候補のアルファは数名挙げてはいるけれど……なかなか決めきれなくて。最有力候補も決定打に欠けるものだから、いっそ咲良ちゃん本人に選んでもらおうと思っているのよ」

「……咲良ちゃんに？」

「ええ。実際に会ってみて決めればいいかしらと。選んだアルファは皆、あの子を守るための十分な力を持っているから、どれを選んでも構わないと思っているわ」

ねえ、と隣に座る夫に同意を求めるように目配せをする夜月に、浅葱はギラリとした眼差《まなざ》しを向ける。

「——では、その候補者たちを僕が排除すると言えば、どうなさいますか？」

「――――」

沈黙が車内に流れた。

夜月がスッと目を眇《すが》め、持っていた扇をパチリと閉じる。

「……面白いことを言うのね。番犬ごときに、私の選んだアルファを排除できると？」

明らかに機嫌を損ねたのが分かったが、構ってなどいられない。

咲良を他のアルファに横取りされるのを黙って見ているわけがないし、相手を殺してでも阻止するつもりだが、小清水の当主の許可があるとないとでは、自分にできることの範囲が大きく変化する。

ここは殴られてもいいから許可が欲しいところだ。

「番犬だから、ですよ。集《たか》る害虫からご主人様《咲良ちゃん》を守るのが僕の役割だ。番犬ごときを倒せないアルファなら、害虫も同然だとは思われませんか？」

挑発めいたセリフに、夜月は「フゥン」と小首を傾げる。

「確かに一理あるわね。……いいわよ。排除できると言うなら、やってみればいいわ」

言質《げんち》を取れたことに、浅葱はニッと口の端を吊《つ》り上げた。

「ありがとうございます！」

これで配慮などせず、全力で敵を潰《つぶ》しに行ける。

（咲良ちゃんは僕の番《つがい》だ。誰にも奪わせたりしない）

彼女を守り切る自信はある。そのためにこれまでの人生の全てを費やしてきたと言っても過言ではないのだから。

意欲に満ちた気持ちで拳《こぶし》を固めていると、夜月が呆《あき》れたような声をあげた。

「番犬がどこまでできるかは分からないけれど、まあ、せいぜいお励みなさい」

「ありがとうございます。絶対に、咲良ちゃんを守り切ってみせますよ」

「……よく吠《ほ》える番犬だこと」

「番犬の〝番〟は番《つがい》と読むことをお忘れですか？　咲良ちゃんは僕の番《つがい》だ。誰にも渡しません」

決意を込めた宣言に、夜月は白けたように扇を振り、傍《かたわ》らの朔太郎は愉快そうに笑った。

「お手並み拝見といったところだねぇ」

穏やかな物言いだが、おそらく敵に回せば夜月よりも手強《てごわ》い相手だろう。

「必ずや、ご期待に添ってみせます」

この世で最も危険で厄介な二人を前に、それでも浅葱は不敵な笑みで言い切ったのだった。

＊＊＊

　待ち合わせ場所は、金沢にある老舗《しにせ》ホテルのラウンジだった。

　見合い相手が東京からわざわざ咲良に会いに来てくれるそうで、こちらとしては助かるが、少々申し訳ないなとも思う。

『候補は数人いるから、まず第一候補と会ってみてちょうだい』

　母からの指令は意外とアバウトで、咲良は少しホッとした。

（……今から会う人と、すぐに結婚するわけじゃないってことだもんね……）

　母の選出した数名の中から選べということらしく、今日会うことになっているのは第一候補のアルファだそうだ。

（高座《たかくら》和成《かずなり》、さん……か）

　輸入業・ホテル事業・建設業・製糸業・文化財団など多岐にわたる事業を展開する、高座財閥の御曹司だ。確か年齢は三十四歳だった。二十六歳の咲良とは八歳差になるが、政略結婚でこのくらいの年齢差は珍しいことではない。

（……幼稚園から高校までエスカレーター式の私立へ行った後、大学からはアメリカで、ＭＢＡも取得してるのね）

　絵に描いたようなエリートである。母の選んだアルファであるのだから、これくらいは当然と言われそうだが。

とはいえ、アルファは傲慢《ごうまん》な性格であることが多く、オメガを軽視する者も少なくない。

そんな奴だったらどうしよう、と一瞬怯《ひる》みそうになったが、そうだった場合はさっさと切り上げればいいかと気持ちを切り替える。母は選べと言ってくれているのだから、『あれはない』と断りを入れればいい話だ。

そうは思いつつも、ソワソワと落ち着かない気持ちが収まらない咲良は、バッグからスマホを取り出した。

待ち受け画像は、この間の浅葱の寝顔だ。

気落ち良さそうに眠る大型犬のような姿に、ホッと身体の力が抜けていく。

(ふふ……本当に、緩んだ寝顔しちゃって……)

浅葱の顔を見るとなんだか安堵《あんど》してしまう。日常を思い出すからだろうか。

(……そういえば、この時以来、浅葱に会ってないな……)

画面の中の浅葱の頬を指でつつきながらそんなことを思う。

メッセージアプリで、毎日「おはよう」「ただいま」などの他愛ないやり取りをしているから、音信不通というわけではない。それでも毎週のように会いに来ていた浅葱が、先週も、先々週も来なかったのだ。

本音を言うなら、最初は浅葱が来なくて良かった、と思った。

なぜなら、会ってしまうと、番《つがい》のアルファを決めることになるから、これまでのように会えなくなると告げなくてはならないからだ。

メッセージアプリか電話で告げればいいものを、そうしないのは、できるだけその時を先延ばしにしたいからだった。

(だって……もう会えないなんて言ったら、浅葱、絶対に泣くもの……)

小さい頃、一緒に遊んでいて家に帰らなくてはいけない時間になると、浅葱は決まって『咲良ちゃんと離れたくない』と言って泣いてしがみついてきた。

大きな目からボロボロと大粒の涙をこぼす姿が憐《あわ》れで、よしよしと頭を撫《な》でて宥《なだ》めたものだ。

多くのアルファがそうであるように、浅葱も子どもの頃から体格が良く、出会ってから一年経《た》つ頃にはもう身長も体重も咲良をゆうに超えていた。それでも咲良にとっては、可愛い弟分にしか見えなかった。

咲良は浅葱の涙に弱い。あの可愛い顔で泣かれたら、言うことを聞いてやりたくなってしまう。

(大きくなっても可愛いなんて、反則よねぇ……)

さすがに大きくなってから泣かれたことはないが、泣き真似《まね》だけでも十分に威力はあるのだ。

(浅葱と離れ離れになっちゃうのか……)

そう思うと、胸がどうしようもなく重く苦しい。

咲良にとって、浅葱はもうすでに家族の一員で、なくてはならない人なのだ。

小清水家という特殊な家の子どもで、かつオメガという希少な性別であったこと、そして芸術家気質で一つのことに集中し始めると周りが見えなくなる性質のせいで、咲良は学校でも少し浮いていた。別に虐《いじ》められていたとかではないし、皆親切ではあったが、遠巻きにされていたと言えばいいだろうか。

そんな中で、咲良が寂しさを感じずにいられたのは、浅葱が傍にいてくれたからだ。

子どもの頃と変わらない笑顔で懐いてくる浅葱が、どれほど安心できる存在だったことか。

(面倒見ているつもりで、見られているのは私の方だったのかも……)

ずっと一緒にいられるわけがないのに、一緒にいられる気がしていた。

(……イヤ、だな。浅葱と離れるの……)

自分の我《わ》が儘《まま》だと分かっている。

小清水の子として番《つがい》を得なくてはいけないのは絶対だ。

番《つがい》——夫がいるのに他の男を傍に置くなんて、許されるわけがない。分かっている。

(結婚しても、浅葱を傍に置くことを許してくれる、心の広いアルファを探してみる……?)

そんな傍若無人な考えが頭に浮かんだが、すぐにそれを却下した。

我ながら碌《ろく》でもないことを考えるものだ。

浅葱にだって人生がある。浅葱はただでさえ優秀なアルファなのだ。彼のことを第一に考え、尽くしてくれるオメガを番《つがい》にして、幸せな人生を送る権利がある。慕ってくれているのをいいことに、咲良の勝手な願望で縛り付けるような真似をしていいはずがない。

(浅葱に、番《つがい》ができる……)

浅葱の隣に、自分ではないオメガが寄り添う姿を想像して、ズキリと胸が痛んだ。

(――嫌だ)

本能的に感じた。

(浅葱が自分以外の誰かのものになるなんて、絶対に嫌だ。許さない)

じわりと込み上げる怒りと共にそう思った瞬間、己の傲慢さに呆れ返る。

咲良には浅葱を束縛する権利などない。

(私はママの選んだアルファを番《つがい》にしなくちゃいけないもの……)

それが小清水の子の務めだし、咲良には尊敬する母に逆らう気など全くない。

だったら、浅葱を解放してあげるのが筋というものだ。縛り付けるなど、言語道断。

分かっているのに、心が悲鳴をあげている。

(……誰にも渡したくない。浅葱が欲しい。浅葱を私のものにしたい。私は……浅葱が、好きなんだ……）

まるで目から鱗《うろこ》が落ちたような感覚だった。

浅葱のことはずっと好きだった。一緒にいるのが楽しくて、心地好《よ》くて、家族以外でずっとこうしていたいと思える、唯一の他人だった。

近すぎて、彼をそういう意味で好きだとは思っていなかったのだ。

（……どうしよう、私……）

咲良は手で口を覆って青褪《あおざ》める。

気づいてしまえば、もう無理だ。

浅葱以外を自分の番《つがい》にするなんて、考えられるわけがない。

（でも、ママが許すはずない……！）

母が挙げた番《つがい》候補の中に、浅葱の名前はなかった。

浅葱の実家である平原家はいわゆる新興成金で、金はあるがコネクションや権力という点で、母が子を委ねてもいいと思うほどの力がない。

咲良の傍にいることを許していたのも、ひとえに幼い頃から知っている、というだけの理由だろう。

母は子どもに甘い人なのだ。

（どうすればいいだろう……ママに正直に話す？　番《つがい》は浅葱じゃないと嫌ですって……。でも待って。そもそも浅葱は私のことをどう思ってるんだろう？）

肝心なことに思い至って、不安が一気に込み上げる。

自分に好意を持ってくれていることは分かっている。でなければ、幼い頃から今日までずっと、傍にいてくれるわけがない。時間とお金を使って毎週東京から金沢までやって来るくらいには、好いてくれているのだろう。

でも、それは単なる『家族愛』なのでは？

（……そうである可能性が高いわ……）

暗澹《あんたん》たる気持ちで、咲良はため息をつく。

咲良とて、今の今まで浅葱への気持ちをそうだと思っていたし、一つ屋根の下で寝泊まりしているのに、そういう色っぽい雰囲気になったことなど一度もないのだから。

（昔……浅葱がアルファだと分かった時に、〝僕の番《つがい》になって〟って言われたことはあったけど……）

あの時、自分も浅葱も子どもだったから、番《つがい》の意味や、小清水家の事情をちゃんと理解しないで言っているのだろうと思った咲良は、弟分の浅葱を諭すつもりでこう答えたのだ。

『無理。私は〝女神胎〟だから、私の番《つがい》はママが決めるの』

咲良の返事に、浅葱がどんな反応をしたのかはもう覚えていない。

だがその後、浅葱の口から『番《つがい》になってほしい』という言葉が出ることはなかった。

（……多分、おままごとの延長だったのよね……）

深く考えて出てきたセリフではなくて、要するに本気ではなかったということだろう。

そう結論づけると、妙に気が落ち込んでくる。

当時はなんとも感じていなかったことが、今になってこんなにも胸に響くなんて。

「……はぁ〜〜〜」

自分の感情の波が激しくてついていけず、咲良は深いため息をついた。

まるで情緒不安定な思春期の少女のようだ。正直に告白すれば、咲良はこれまで一度も恋というものをしたことがない。誰かを好きなせいで心が乱れるという経験は、今が初めてだ。

（なんなの、これ……。自分が自分じゃないっていうか……自分の知らない感情に、振り回されている……）

初めての感情を持て余していると、不意に低い声が聞こえてきた。

「あの、咲良さん、ですか？」

（——ん？）

考えに没頭していた咲良は、自分の名前を呼ばれて現実に引き戻される。

顔を上げると、目の前に男性が立っていた。

黒い髪をラフにスタイリングし、白のタートルネックの上にチャコールグレーのジャケットを重ね、黒のパンツを合わせている。一見なんでもないような格好だが、その生地や縫製の美しさからかなり上質な物を着ているのが分かった。タートルネックの縁から柄物のスカーフをチラリと覗《のぞ》かせ、小洒落《こじゃれ》た感じを演出しつつも、足元はスニーカーという抜け感が、大変な上級者だ。

穏やかな笑みを浮かべた容貌は整っていて、アルファ特有の存在感があった。

（――あ、この人、お見合いの相手だ）

母から送られてきたデータの中にあった写真と同じ顔だ。

自分が今ここにいる理由を思い出し、咲良はニコリと微笑んで立ち上がった。

「高座和成さん、ですね。はじめまして、小清水咲良です」

浅葱を好きだと気づいたところではあるが、母の面子《めんつ》を潰すわけにはいかない。

だがこれはまだ『お見合い』段階なのだから断ってもいいはずだし、今はひとまずやり過ごそう――そう決めた咲良は、儀礼的な距離を保とうと手を差し出した。

わざわざ北陸までやって来てくれた相手だ。握手くらいはしておくべきだろう。

高座はにっこりと笑うと、長躯《ちょうく》を曲げるようにして両手でぎゅっと咲良の手を握り締めて言った。

「はじめまして。高座和成です。――ああ、嬉《うれ》しいな。ようやくお会いできましたね」

すり、すり、と高座に手の甲を撫《な》でられ、ぞわり、と肌が粟立《あわだ》った。

握られた手の温もりが、やけにねっとりと自分の肌に纏《まと》わりつくように思えて、咲良は目を見開く。

（――なに、この感じ……）

高座の体温が気持ち悪い。

衝動的に『触るな』と叫《さけ》んで振り払いたい気持ちが込み上げたが、奥歯を噛んでそれを堪《こら》える。

笑顔が引き攣《つ》りそうになりながらも、咲良は失礼にならない程度にそっと手を引き抜いた。

できるだけ高座と距離を取りたくて、一歩脇に退《ど》きながら会話を続ける。

「……今日はわざわざ北陸までおいでくださって……」

「わざわざ、なんてとんでもない。君に会うためなら金沢だろうがニューヨークだろうが、飛んで行きますよ」

「まあ、そんな……」

「君の写真を拝見した時から、早くお会いしたくて堪《たま》らなかったんですよ。この日を指折り数えて待っていたから、一ケ月がまるで一年のように感じました」

笑顔で語る高座は、言いながらズイズイと距離を詰めてくる。高座が近づくたびに、咲良が必死で我慢している嫌悪感が募っていくものだから、そのニヤついた顔を引《ひ》っ叩《ぱた》いてやりたい衝動を抑えるのに必死だった。

「ああ、本物の咲良さんは、想像以上です。さすが〝女神胎〟というべきか……あなたはまるで芸術品だ」

うっとりとした口調で言いながら、高座が咲良の顔に手を伸ばそうとしてくるので、ギョッとして後退《あとずさ》りをする。

「おっと。失礼、驚かせてしまったかな？　顔に髪がかかっていたので、直してあげようと思ったんだが……」

「……自分でできますので……」

言いながら手で自分の髪を撫でると、高座は残念そうに肩を竦《すく》めた。

「そう？　その黒髪、結い上げているのも可愛《かわい》いけど、今度梳き下ろしているところも見てみたいな」

「はは……」

乾いた笑い声に聞こえないことを祈りたい。

今日ほどポニーテールにしてきて良かったと思った日はない。

見合い相手とはいえ、フランクというか、ずいぶんと馴《な》れ馴れしい物言いだ。

(初対面、だよね？)

先ほど触られた時の生理的な嫌悪感も相まって、咲良の高座への印象はいきなりマイナスからのスタートとなった。

もう帰りたくなってしまったが、さすがにそれはできない。

(……っていうか、この人がママの第一候補なの……？)

母はこの男と会って、何も感じなかったのだろうか。

——いや、感じないからこそ、娘の番《つがい》候補に選んだのだろう。

だとすれば、今感じている生理的な嫌悪感は、咲良の個人的な感覚で、合う合わないの問題ということか。

元来パーソナルスペースが広いタイプの人間である咲良は、高座のフレンドリーな態度を『厚かましい』と感じてしまう。

フレンドリーであることは自信の表れとも言い換えられる。相手が自分に好意を抱いていると信じて疑っていないからできることだ。

全てにおいて秀でていると言われている、アルファらしい性質と言えばそうなのかもしれないが、それにしても自信過剰すぎやしないだろうか。

（ダメダメ、変な先入観を持っちゃ。この人は〝番《つがい》になるかもしれない相手〟として私に接しているんだから、多少距離が近くなっても仕方ないのかもしれないし……！　生理的に受け付けないからって邪険に扱ってはいけない……。相手は財閥の御曹司なんだから、ママの面子を保つためにも、ちゃんと対応しなくちゃ……！）

　理性を必死で総動員させ、咲良は精いっぱいの笑顔を作った。

　いったん、目の前の人が『お見合い相手』ということは脇に置いて、ひたすら接待に徹しよう。

「えっと、ここではなんですし、移動しましょうか？　せっかくいらしてくださったのですから、よろしければ金沢を案内いたしますわ」

　歩きながらであれば、適度な距離を保てるだろう。

　そう思って提案したが、高座は笑顔で首を横に振った。

「それもとても魅力的な提案だけど、今日の目的は観光じゃないからね」

「……と、おっしゃいますと？」

「今回の目的は、君のことをよく知ること、そして私のことを君に知ってもらうことだ。お互いをよく知るために、できれば落ち着いた場所で、……二人きりで話をしたいな」

　意味深長に囁《ささや》くような口調で告げられた要求に、ピキリ、と額に青筋が立つ。

落ち着いた場所で二人きり、なんて、初対面で求める男にまともな人間はいない。

仮にそれがただお茶をするだけのつもりだったとしても、政略結婚のお見合いの場で、そんな誤解を招く表現は慎むべきだと思わないのだろうか。

(っていうか、私を舐《な》めているからこそ出るセリフよね？)

先ほどもチラリと感じたが、高座は咲良が自分に好意を抱いていると思っている節がある。

それがどうにも癪《しゃく》に障って、咲良の顔からスッと愛想笑いが消えた。

「……観光しながらでも相手を知ることはできると思いますが？」

堪えようとしたのに、反論が口から飛び出してしまう。

しまった、と思ったが、覆水盆に返らずとはこのことだ。

高座は咲良の態度に唖然《あぜん》とした表情になっている。

(……猫を被っていたって仕方ないもの。どうせ断るなら同じよ)

母からしこたま叱《しか》られるだろうが、これ以上この男と一緒にいるのは無理だ。

咲良はフーッとため息をつくと、高座に向かって言った。

「私、あなたと番《つがい》になるのは難しそうですわ。申し訳ありませんが、このお話はお断りします。では」

そう言って踵《きびす》を返そうとすると、ガシッと腕を掴《つか》まれ引き留められる。

「――ちょっと待って。いきなりどうしたの？」

高座の驚いたような表情に、咲良は呆《あき》れて腕を振り払った。

「どうしたもこうしたも、初対面だというのに異様に距離が近いし、許可もなく顔に触れようとして……失礼なんですよ、あなた」

「え……？」

咲良の文句に、高座は知らない外国語を聞いた人のような顔になっている。

いや、そんなポカンとした顔をされても、という話である。

だが高座は即座に表情を改め、申し訳なさそうに顔を顰《しか》めて頭を下げた。

「あなたを不快にさせたのだとしたら、申し訳ない」

（謝った……）

高座が躊躇《ちゅうちょ》なく頭を下げて謝ってきたのを見て、咲良は内心少し驚く。

ハイスペックであるがゆえに気位の高いアルファは、上の立場にあることも多く、人に謝ることがあまりないイメージだ。もちろんそうでないアルファを咲良はたくさん知っているが、一般的に人に遜《へりくだ》るアルファはあまりいないだろう。

（しかも、私はオメガなのに……）

希少価値があり保護対象となったとはいえ、能力の低いオメガを蔑視する者は存在する。特にアルファの中には、『発情期《ヒート》フェロモンでアルファを誘惑する悪』と捉え、憎悪を向ける者もいるくらいだ。

こちらの意思を無視して自分の思うままに振る舞うという、高座の先ほどまでの態度からは、そういったオメガを軽視するような印象を受けたが、こうして素直に謝るところを見るに、誤解だったのかもしれない。

黙ったまま高座を見つめていると、彼は困ったように眉を下げて続けた。

「……言い訳になるが、これまで付き合った相手からは、こういった強引さが喜ばれていたもので……、まさか嫌がられているとは思わず……」

「…………なるほど」

なんだかトンデモ発言が飛び出してきて、咲良は半笑いになってしまう。

アルファ特有の傲慢《ごうまん》さや強引さ――いわゆる『俺様系』を好む人たちがいるのは知っている。アルファに対する憧れや羨望《せんぼう》からくるものだろうが、単純に性癖である場合もあるかもしれない。

「ちなみに、そのお付き合いされてきた方とは、オメガが多かったのでは……？」

訊《たず》ねてしまったのは、オメガに『俺様系』を好む者が多いからだ。

「ええ、そのとおりです……」

案の定、高座が首肯するのを見て、咲良はやれやれとため息をつく。

オメガにはアルファと番《つがい》になりたいという本能的欲求があるため、アルファの特質を好むのも無理からぬことであるのかもしれないが、咲良にしてみれば理解に苦しむところだ。

（希少種であるオメガとの交際歴が複数回あるなんて、ちょっとびっくりしちゃうけど……）

自分を含めて身近にオメガが五人もいる環境に身を置いているせいか、そういうこともあるのだろうなと思う。

なにしろ、この人は高座財閥の御曹司のアルファで、富と権力を持つアルファに、玉《たま》の輿《こし》を狙う野心家のオメガが群がるのはよくある話だ。

（八雲と東雲も、何度も発情期《ヒート》テロに遭ったしね……）

発情期《ヒート》テロとは、オメガが標的にしたアルファの近くでわざと発情期《ヒート》を起こし、そのフェロモンでアルファの理性を奪い、強引に番《つがい》わせることを言う。オメガの発情期《ヒート》フェロモンは強烈で、アルファの本能を容易《たやす》く凌駕《りょうが》してしまうのだ。

双子の弟たちも良い家柄のアルファであり、強欲なオメガたちの標的なのだ。

幸いにして、弟たちはＨＴＣＴの訓練を受けていたのでその魔の手を逃れたが、受けていなければ危ないところだったと聞いた。

（オメガにもアルファにも、それぞれ危険と苦労があるのよね……。この人も苦労してきたんだろうな……）

発情期《ヒート》テロに遭った八雲たちは、体調を整えるために数日入院しなくてはならなくなったことを思い出し、咲良の中で高座への憐憫《れんびん》が湧いてくる。

「……過去に交際してきたとおっしゃいましたが、そのオメガの方たちとは……？」

アルファとオメガが交際していたとなれば、肉体関係を結んでいなかったとは思えない。好き合っているもの同士であれば当然だろうし、そのうえオメガには発情期《ヒート》が存在する。抑制薬で管理するといっても、フェロモン管理《コントロール》を完璧にすることは、専門医に診てもらって細かい調整などをしない限り不可能に近い。

（交際相手だったオメガは、〝番契約《つがい》〟をしたがらなかったのかしら……？）

意中のアルファが相手ならば、『番契約《つがい》』をしたがらないオメガはあまりいないだろう。番《つがい》契約をすれば、番《つがい》以外のアルファに発情することはなくなるため、フェロモンが安定し抑制薬の必要がなくなるからだ。オメガにとっても、不特定多数のアルファを発情させてしまうフェロモンは、己の危機を招く厄介な代物なのだ。

「も、もちろん、別れているよ！　付き合っていたのは何年も前で、お互いに納得のうえで別れたから！　それに、ここ数年私には定まったパートナーはいない。でなければ、君に会うためにここにいないよ……」

「そうですか……」

必死に説明されたが、咲良としてはこれは単なる『お見合い』であり、相手にそこまでのことは求めていなかった。

（つまりこの人は、以前にオメガと交際した経験から、私もオメガだから同じように『俺様系』を好むと思ったということだったのね……）

紐解いてしまえば納得できないこともないが、それにしても少々間抜けな話だ。

「まあ、ともかく……。私はこちらの意志を尊重しない強引な態度の方は非常に苦手です」

キッパリと告げると、高座は『降参』というように両手を上げた。

「もう二度としません」

「ええと、そうではなく……」

断りを入れるつもりだったので、『もう二度としない』と言われても困ってしまう。

どう伝えればいいのか、と逡巡していると、高座に片手を取られた。

またもやゾワッとした嫌悪感が込み上げ、咲良は咄嗟《とっさ》にその手を振り払って叫《さけ》んだ。

「勝手に私に触らないで！」

「あっ、ごめん！」

その剣幕に、高座は焦ったように再び両手を上げたが、咲良の表情が非常に険しいことに気づくと、困ったように眉を下げる。

「本当にすまない。悪気があったわけじゃなくて……。ただ君に、分かってほしかっただけなんだ」

「わ、分かってほしいって、何を……」

高座に触れられた時の気持ち悪さに、自分の身体を守るように両手で抱き締めながら、咲良はジリジリと後退りした。

「私は君の写真を見た瞬間、衝撃を受けた。君こそ、私がずっと捜し続けてきた〝運命の番《つがい》〟だと」

「はぁ!?　〝運命の番《つがい》〟ですって……!?」

突拍子もないことを言われ、咲良は呆れて素っ頓狂な声が出る。

『運命の番《つがい》』には、遺伝子的相性の良さが百パーセントであること以外に、一目見た瞬間に惹《ひ》かれ合うという特徴がある。出会った瞬間に、お互いが『運命の番《つがい》』だと認識できるのだとか。

(惹かれ合うどころか、嫌悪感しか抱きませんでしたが!?)

そんなセリフが口から出そうになったが、真実とはいえ、さすがにそこまで言うのはひどいだろう。

別に高座を傷つけたいわけではなく、この見合い話を断りたいだけなのだから、穏便に済ませるのが一番だ。

咲良はフーッと細く息を吐《は》き出すと、額を押さえながら口を開く。

「高座さん、申し訳ないですが、それは勘違いですよ。私はあなたに特別なものは全く感じな――」

「本当に？　私を見た時や、触れた時に、今までにないような何かを感じなかった？」

咲良の言葉に被せるようにして、高座が言った。

(触れた時に、って……)

確かに、これまでに体験したことのないような、得も言われぬ気持ち悪さを感じた。

咲良は比較的パーソナルスペースが広い人間だが、誰かに触られてあれほどの嫌悪感を抱いたことは一度もなかった。

それほど強烈な感覚だったのだ。

(……あれが、〝運命の番《つがい》〟だから感じる特別な感覚、なの……？)

黙り込んだ咲良に、高座が嬉々《きき》とした表情になる。

「ほら！　君も感じたんだろう？　特別なものを！」

興奮したように言って、咲良の腕を掴もうと手を伸ばしてくる。

「――ッ、やだ、やめてッ……！」

またあの気持ち悪さに襲われるかと思うとゾッとして、咲良は踵を返してその場から逃げ出した。

「待て……！」

高座の悲鳴のような声がして、追いかけてくるのが分かった。

（嘘《うそ》……、ウソウソ、やだ、ヤダヤダヤダ！）

本能的な恐怖に、咲良は半狂乱になって駆け出す。

何が怖いのかは自分でもよく分かっていない。落ち着いて考えてみれば、あのまま会話を続け、隙を見て逃げ出せば良かった。だがこの時は湧き上がる恐怖と気持ち悪さに、混乱してしまっていた。

全力でホテルの中を駆ける自分を、周囲の人たちが驚いたような顔で見ていたが、構ってなどいられない。誰かに助けを求めようかとも思ったが、高座は権力を持ったアルファだ。まわりの一般人のベータでは、肉体的にも経済的にも、到底太刀打ちできないだろう。

（どうしよう、どうしよう……！）

真っ青になりながらホテルのドアを出た瞬間、背後から肩を掴まれて抱き締められた。

ブワッと全身の毛が逆立ったような感覚がして、冷や汗がドッと湧き出る。体中の血が逆流しているかのような気持ちの悪さに、吐き気が込み上げた。

嗅《か》ぎ慣れない墨っぽいベチバーの匂いと、拘束する腕の力、そして背中に感じる体温——高座の全てに、全身が悲鳴をあげているのが分かった。

「逃げても無駄だよ。私はこの話を進めるし、小清水の当主は高座との婚姻に前向きだ。君は母親に逆らえない。君は私の番《つがい》になるんだ、咲良」

うっとりとした口調で高座が言う。

その声にも、身の毛がよだった。

ピンと張り詰めた弓を引き絞るように、神経がキリキリと張り詰めていく。これ以上伸ばせば切れてしまう、と思った時、脳裏に浮かんだのは、こちらを見て微笑む人懐っこい浅葱の笑顔だった。

（……浅葱！　助けて、浅葱……！）

心の中で叫んだ時、ドンッ、と何かがぶつかるような衝撃がして、身体が温かい腕に包み込まれた。

「遅くなってごめん、咲良ちゃん」

耳に馴染《なじ》んだ低音に、胸の中に安堵《あんど》が広がっていく。

いつの間にか閉じていた瞼《まぶた》を開くと、目の前に浅葱の精悍《せいかん》な美貌があった。

「浅葱……」

「うん。僕が来たよ。もう大丈夫」

優しい声に、涙が溢《あふ》れ出す。泣いたことなど、子どもの時以来だ。プライドが高く意地っ張りな咲良は、人前で泣くなんてあり得ないと思っているはずなのに、不思議と今は恥ずかしくなかった。

羞恥《しゅうち》よりも安堵の方が、圧倒的に大きかったからかもしれない。

(ああ……もう、大丈夫なんだ……)

浅葱がここにいると実感すると、自分の感覚が浅葱にだけフォーカスされる。

浅葱しか見えず、浅葱の匂いしか感じないし、浅葱の声しか聞こえない。

高座の呻《うめ》き声のようなものが遠くに聞こえた気もしたが、ごく微《かす》かで気にならない。まるで咲良の脳がノイズキャンセリングしているかのようだった。

(浅葱だ……浅葱が来てくれた……)

ホッとしたと同時に、張り詰めていた緊張の糸がプツリと切れる。

そのまま崩れ落ちるように浅葱に身を委ね、咲良は意識を失ったのだった。

第三章　番の矜持

気を失った咲良《さくら》を、そっとベッドに寝かせた。

ここは咲良の家の客間のベッドルームで、浅葱《あさぎ》が咲良の家に泊まる時にはいつもこの部屋を提供されている。咲良の寝室に寝かせるべきかとも思ったが、許可なく彼女の部屋に入るのは気が引けた。

瞼《まぶた》を閉じたままの顔は相変わらず美しいが、散々な目に遭ったせいで顔色はまだ青白い。目の縁に残る涙の跡を指の腹でなぞりながら、込み上げる怒りを深く息を吐《は》き出すことで抑えた。

(咲良ちゃんを泣かせやがって……。あのクソアルファ、絶対に潰《つぶ》す……)

思い出せばまた怒りが募ると分かっていても、状況を分析して把握するためには必要なことだ。

咲良の見合いが決行される日を知ったのは数日前で、よりにもよって台湾《たいわん》への出張中のことだった。重要な商談と会議を控えていたため、さすがにキャンセルすることはできず、それでも最短で全てを終わらせて帰国できたのが今日だった。羽田《はねだ》で小松《こまつ》行きの飛行機に飛び乗り、タクシーを飛ばして金沢《かなざわ》入りしたのだが、見合いの待ち合わせ場所であるホテルに到着すると、なんと逃げる咲良に見合い相手のアルファ――高座和成《たかくらかずなり》が抱きついているのを目の当たりにしたのだ。

ガソリンに火種を投げ込まれたかのように、怒りが瞬時に爆発した。

気がつけば高座の側頭部に拳《こぶし》を叩《たた》き込んでいた。どうやら高座は浅葱の存在に気づいておらず、渾身の一撃をまともに食らって吹っ飛んだ。頑丈なアルファであっても、同じアルファに拳を叩き込まれれば相当のダメージを受けたようで、脳震盪《のうしんとう》を起こして一瞬気を失ってしまった。

そのまま殴り殺してやりたい衝動に駆られたが、怒りよりも咲良への心配の方が勝った。

あれほど青褪《あおざ》めた咲良の顔を見たのは初めてだ。

彼女はいつだって毅然《きぜん》として誇り高く、逃げたり怯《おび》えたりする姿など一度も見たことがなかったのに。

浅葱はそのままの咲良を愛している。咲良は咲良らしくあってほしい。凛《りん》とした姿で立ち、自分の好きなことをやって、ずっと笑っていてほしいのだ。

番《つがい》とは、お互いに守り合い、慈しみ合うものだと浅葱は思っている。お互いに相手を尊重し、その人らしく生きられるように助け、守り、寄り添う存在だ。

それなのに、泣かせたり、苦しませたりするなどもってのほかだ。

（こいつに咲良ちゃんの番《つがい》になる資格はない！）

浅葱の顔を見て安心したのか、咲良は浅葱の腕の中で気を失ってしまった。どれほどのストレスを与えれば、気を失うなんてことが起こるのか。咲良を怯えさせた高座に再び殺意を抱いたが、今は咲良の身の安全が第一だ。

彼女を抱き上げ、その場を離れようとした浅葱を、意識を取り戻したらしい高座の声が引き留めた。

『待て！　お前、私にこんなことをして、タダで済むと思うなよ、この野良犬が！』

開口一番のセリフが咲良のことではなく自分のことだったことに、浅葱は怒りを通り越して鼻白んだ。

『おーお、口汚ねぇな。そんな野蛮なことを公衆の面前で口にしていいのか、高座の御曹司』

この男が見た目や評判を気にすることは、事前の調査で確認済みだ。

浅葱に言われ、高座はここがホテルのエントランスで、自分たちを興味津々に見ている観客がいることにようやく気づいたらしい。ハッとしたような表情になり、倒れ込んだままの無様な体勢から慌てて立ち上がった。衣服の乱れを直し、ツカツカと浅葱の傍《そば》まで歩いてくると、咲良を指して言った。

『どこの誰かは知らないが、お前が抱えているのは私の婚約者だ。放したまえ！』

高座の咲良を見る目は異様にギラギラとしていて、浅葱の胸に感じたことのない嫌悪感が込み上げる。

（……なんだ、こいつ……？　何か、妙だな……）

違和感と言えばいいのか、不快感と言えばいいのか——いずれにしても、気に入らない感情であることは間違いない。

浅葱は高座の動きを警戒しつつ口を開いた。

『……〝見合い相手〟の間違いだろう。先走って婚約者を名乗るなんて、夜月《よづき》様が聞いたら冷笑するだろうな』

小清水の当主を敬称付きとはいえ名前で呼んだことに、高座の目が見開かれる。

『……お前、何者だ？』

『僕は彼女の番犬だ』

端的に答えると、高座の目が眇《すが》められた。

『彼女が小さい頃から、周囲をウロチョロしている野良アルファがいると聞いていたが、それがお前か。確か平原《ひらはら》の息子だったか……』

さっそく家柄マウントか、と浅葱は呆《あき》れて嘲笑《ちょうしょう》を浮かべる。

『野良、ねえ。上等なお家柄、高座のアルファ様は、その野良にワンパンで沈まされたってわけか。ずいぶんな〝上等〟だな』

安い挑発だったが高座には効いたようで、カッと顔を赤らめて「貴様……！」と言いながら掴《つか》み掛かって来ようとした。浅葱は咲良を抱いたままサッとそれを避《よ》けると、冷たい目をして高座を睨《にら》み下ろす。

『お前の今日の所業は、小清水《こしみず》の当主にすでに報告されている。周囲を見ろ』

浅葱が顎で指し示せば、高座はそちらへ首を巡らせた。黒いスーツを着た男たちが、自分たちを囲むようにして数メートル四方に立っているのを見て、ギョッと目を見開いた。

言うまでもなく、咲良を守っている小清水家の護衛《ガード》たちだ。

『小清水の当主が、珠玉である〝女神胎《めがみばら》〟を独りでアルファに会わせるわけがないだろう。これはあんたへの試験でもあったんだよ』

何かあればすぐに咲良を救出できる距離で見張らせていたというわけだ。

あの時、浅葱が出て行かなくとも、数十秒後には護衛たちが駆けつけていたはずだ。小清水の護衛はアルファに対抗できるよう特殊な訓練を積んでいて、必要とあらば武器や薬物を使用することを許可されている。浅葱に殴られた程度で済んで、むしろ良かったと言える。

ともあれ、逃げ出すほど咲良を怯えさせた高座を、夜月が娘の番《つがい》に選ぶことはおそらくないだろう。

（……なんだかんだ言って、あの人が望んでいるのは子どもたちの幸福だ）

だからこそ、番《つがい》候補は複数名用意されていて、その中から咲良が選べるようにしてあるのだ。

小清水の護衛たちに取り囲まれた状態では、これ以上は悪手だと判断したのか、高座は悔しそうにしながら浅葱の襟首を掴もうとしていた手を引っ込めた。

『お利口だな。さすが〝上等〟なお家柄のアルファ様だ』

浅葱は最後にそうせせら笑い、護衛の一人に目配せをして後を頼むと、咲良を連れて停めておいたタクシーに乗り込んだ。

（……これで終わり、であってくれればいいが……）

咲良を怯えさせた高座を完膚なきまでに叩き潰したい欲求はあるが、それをすると後が面倒であることは否《いな》めない。

だがそれ以上に、高座がこのままおとなしく引き下がるとは思えなかった。

（あの男の咲良ちゃんを見る目……妙な執着を感じる）

咲良に対する執着は自分も人のことは言えないが、それでも高座のアレは、咲良への恋慕とか愛情といったものとは完全に違う、歪《ゆが》んだ何かであることは肌で感じられた。

一瞬違法な薬物でもやっているのかと思ったが、それなら小清水家が番候補《つがい》に選ぶわけがない。小清水家はこの国の警察関係に太いコネクションを持っており、違法行為に関して手に入れられない情報はないと言われているからだ。どれほど揉《も》み消そうが、この国で起きた犯罪であれば、小清水はその事実を把握できるのだ。

(僕が調べたところでも、高座に犯罪歴はなかったしな……)

小清水夫妻と話をして以降、浅葱は咲良の番候補《つがい》となっているアルファたちを徹底的に調査していた。

『番候補《つがい》が誰であるかは秘密だ』と言われると思っていたが、夜月は意外にもすんなりと教えてくれた。しかも、『一番に咲良ちゃんに接触するのは、高座和成よ』とまで明かしたのだ。

(……ご丁寧に優先順位まで教えてくれるなんて、この〝見合い〟何かあるな……)

訝《いぶか》しく思いつつも、浅葱にできるのは咲良に集《たか》る『害虫』を撃退することのみだ。

仕事をしつつ、持てる全てのコネクションと金を使って候補者たちを調査していった。

候補者五人の経歴はどれも申し分がない。古くからある名家に生まれたアルファで、優秀な頭脳、健康で頑強な肉体に、美しい顔を持っていた。

中でも飛び抜けていたのが高座和成で、海外留学経験に加えＭＢＡを取得後、帰国し実家の展開する企業の取締役に就任しその経営手腕を発揮する傍《かたわ》ら、高座家が所有する数々の美術品を一般公開するための美術館を設立。芸術に造詣が深く、国内外を問わず多くの芸術家たちのパトロンとなっていることでも有名だった。

陶芸家として芸術を愛するがゆえに、時折日常生活もままならなくなってしまう咲良にも、理解があるだろうというわけだ。

だが、だからといって咲良を譲るわけにはいかない。

(欲しいのは表向きの情報じゃない。このアルファたちの裏だ。欠点、弱点、過去に揉み消した失敗や犯罪……なんでもいい)

そう思い詳しく調査を進めたが、五人とも結果は「白」。

過去に交通違反すらしたことがない清廉潔白の者ばかりだった。

(だが本当にそうだとすれば、夜月様が僕に〝番犬〟の役目を続けさせた理由がない……)

夜月が本当にこれら候補の中から、咲良の番《つがい》を選ばせたいなら、真っ先にしなくてはならないのは浅葱の排除だ。幼い頃から咲良に執着しているのは明白のアルファで、夜月の邪魔にしかならない存在なのだから。

(実際に排除されそうになったけど、僕の挑発に乗る形ですぐにそれを撤回した)

よく考えてみれば、用意周到で隙のない夜月らしからぬ行動だ。

(夜月様は、絶対に何かを目論《もくろ》んでいる……)

確信はあるが、その内容が分からない。夜月が答えを教えてくれる人ではないことは明らかである以上、浅葱はそれを自力で導き出すしかない。

(俺を咲良ちゃんの傍に置いたままにしているのは、咲良ちゃんを守る必要があるから……というのは、多分間違いじゃない。なら、この先も今日みたいな危険があるってことだよな……)

となれば、咲良を守り切るためには張り付いているくらいしなければならない。

(平原関係の仕事は、ひとまず休みを入れるか……)

幸いにして今回の台湾出張で、遠出しなくてはならない案件はしばらくなかったはずだ。会議だの打ち合わせだのはオンラインで行えばなんとかなるだろう。

(なんとかならなくても、してみせる)

浅葱にとっての行動原理は、ただ一つ、咲良だけだ。その咲良を守ること以上に重要な仕事などありはしないのだから。

(まずはあの高座を調べ直す必要があるな……)

咲良へ見せたあの執着めいた眼差《まなざ》しが、どうも気になって仕方ない。

(オメガへあんな目を向けるアルファが、まともであるわけがない。あの男には何かあるはずだ)

今はまだ勘としか言いようのない感覚だが、それでも浅葱のアルファとしての本能はそれが正解だと告げている。

(国内の刑事事件を探っても高座和成の名前は挙がってこないが、海外なら——?)

不意に脳裏に浮かんできたのは、以前世間を賑《にぎ》わせたニュースだ。

有名なアルファの政治家が、過去に海外でオメガを強姦《ごうかん》する事件を起こしていたことが分かったのだ。品行方正で知られた人物だったため、どのメディアもこぞってその事件を取り上げていた。

確かあの政治家も、国内で事件を起こしていればすぐに発覚していたものを、海外での出来事だったので何年も発覚が遅れたと言われていた。

(高座和成は、大学生活を海外で送っていたな。その辺りを探ってみるか……)

頭の中でやるべきことを整理していると、ベッドの上で咲良が身動《みじろ》ぎをした。

慌てて様子を確認すると、先ほどまで真っ青だった顔色に、血色が戻りつつあった。

それにホッとしながらも、彼女の眉間にまだ皺《しわ》が寄っているのを見て胸が痛んだ。

「……怖かったよね、咲良ちゃん。もう絶対あんな目に遭わせない。君は、必ず僕が守るよ」

自分自身への誓いのつもりでそう囁《ささや》くと、咲良の睫毛《まつげ》がわずかに震え、瞼が開いていく。バサバサと音がしないのが不思議なほど長く濃い睫毛の奥から、わずかに青みがかった黒い瞳が濡《ぬ》れたように煌《きら》めき、ゆっくりとこちらに焦点を当てた。

「――浅葱」

咲良は囁くように名を呼んで、蕾《つぼみ》が綻《ほころ》ぶように笑った。

その微笑《ほほえ》みを見た瞬間、浅葱は全身に電流のようなものが走るのを感じた。それは快感に近い感覚で、自分の五感が一気に研ぎ澄まされていくのが分かった。

(――な、んだ、これ……⁉)

経験したことのない感覚に狼狽《うろた》えたものの、不思議と怖さや違和感は全くない。

それどころか、妙な万能感のようなものが自分の中に満ちていた。

アルファなら誰しもが持っている『自分はなんでもできる』という自信のようなものが、肥大化されたかのような感覚だ。

「浅葱。浅葱、嬉《うれ》しい……」

咲良が歌うように言って、細い腕を伸ばして浅葱の首に巻きつけてくる。その鈴を転がすような声や、嫋《たお》やかな手の感触に、浅葱の聴覚と触覚が歓喜する。

(う、わ……待って、これ、本当に何……⁉)

圧倒的な快感に、目眩《めまい》がしそうだ。

自分に向けられる咲良の一挙手一投足が、浅葱の全身に光のような多幸感を与えてくる。

もちろん、これまでもそうだった。咲良の全てが可愛《かわい》いし、咲良の全てを愛おしいと思っていた。だが、今は咲良の魅力の威力が違う。

本能を大きなハンマーで直撃されているような、そんな感覚だった。

(やばい。これ、絶対我慢できなくなるやつだ……!)

何を我慢するのか、はお察しいただきたい。こちとら健康な成人男性である。

危機感を覚えて狼狽える浅葱を他所《よそ》に、咲良は「まだ足りない」というように身を擦《す》り寄せてくる。

「浅葱……浅葱……抱っこして……」

(えええええ何それ抱っこしてとかそんなこと咲良ちゃん言ったことないよね!? 待って待って可愛い可愛すぎるんだがどういうことこれ!? 何が起きてるの!?)

頭の中は歓喜と疑問で盛大にパニックを起こしている。抱っこ嬉しい抱っこしたい、だがそんなことをすれば理性が焼き切れるのは時間の問題であるアカン。なのに抱きついてくる咲良の腕を振り解くなんてもったいないことはできない。

平原浅葱、齢《よわい》二十五にして最大のピンチを迎えていた。

「ちょ、咲良ちゃん……? 待って、嬉しいけど、それ、ちょっと待って……」

「やだ、浅葱……浅葱、一緒にいて……抱っこして……」

やんわりと咲良の腕を放そうとすると、咲良はイヤイヤと首を振りながらさらにしがみついてくる。

ああ、これが夢だったらどんなにいいだろうか。夢の中なら咲良を思うまま抱き締めることができるのに。だがこれは現実で、さすがの浅葱でも、咲良が今普通の状態ではないことは分かった。

おそらく、極端なストレスに晒《さら》されたことで防衛機制が働き、幼児退行しているのだろう。オメガにはままあることだ。とはいえ、永く一緒にいるが、咲良が幼児退行したのを見るのは初めてだ。

(甘えたな咲良ちゃんとか、最高すぎるんだけど……！)

最高すぎて、抱き締め返せないのが大変辛《つら》い。なにしろ浅葱は今、あと一歩のところで踏みとどまっているギリギリの状態だ。咲良を抱き締め返してしまえば、理性の箍《たが》はポーンとどこかへ飛んで行くだろう。

そうなれば、あの最恐夫妻に文字どおり嬲《なぶ》り殺されるだろうし、なにより咲良がちゃんとした判断ができない状況で、そんなことをしたくない。

咲良に自分を番《つがい》に選んでほしい。それは悲願だ。だが、咲良の意志に背いてそうしたいわけじゃない。浅葱は彼女に心から『浅葱が欲しい』と思って選んでほしいのだ。

（堪えろ……堪えるんだ……！）

天国と地獄をいっぺんに味わっている気分である。

だがこれ以上この状況が続けば、いろいろと限界を突破してしまう。

浅葱は苦渋の選択として、首に回された咲良の腕をそっと放そうとした。

「咲良ちゃん、ちょっと混乱してるみたいだね。いったん、落ち着こう。そうだ、あったかいお茶でも淹《い》れてこようか。咲良ちゃん、白桃の烏龍茶《ウーロン》が好きだよね」

キッチンへの逃亡を図ろうとそう提案した浅葱だったが、咲良はプウッと頬を膨らませる。

「ちょ、やめて何それ可愛いから……」

思わず心の声が漏《も》れ出てしまったが、これは仕方ないだろう。可愛すぎて心臓がギュンギュン音を立てている。今心臓発作で死んだら、死因は『キュン死』だ。間抜けすぎることこの上ない。責任取って番《つがい》にしてください。

意味不明なことを滔々《とうとう》と頭の中で考えていると、咲良が潤んだ目でこちらを睨《にら》みつけてくる。

「どうして抱っこしてくれないの」

「んあ～～～」

変な雄叫《おたけ》びが出た。発情期の雄猫《おすねこ》のような鳴き声である。完全に変な人だ。だが変にもなるというものだ。考えてみてくれ。

幼い頃から思い続け、恋情どころか執着に近い愛情を抱いている相手にそんなことを言われ、嬉しくない男がいるか。いるわけがない。浅葱も歓喜で胸が沸き立ったが、いかんせん場所がよくない。なにしろ、ここはベッドである。

当たり前だが、これまでも何度もこの家に泊めてもらったが、咲良と同じベッドで眠ったことは一度もない。咲良は自分のことを弟か愛玩犬のように思っている節があるが、浅葱はもちろんそんなわけもなく、正常な肉体を持つ男である。一緒のベッドに入ろうものなら、手を出したいけれど出せない苦行に一晩中悶《もだ》え苦しみ、眠るどころの騒ぎではないのは火を見るよりも明らかだ。そんな苦行を自ら進んでするわけがない。

というより、浅葱は自分がアルファである以上、オメガである咲良を傷つけるような真似《まね》をしでかすかもしれない可能性は、極限まで減らすのが己の義務だと思っているのだ。

「浅葱？」

なおも可愛い声で『抱っこ』をせがむ愛しい人に、浅葱は腕をブルブルと震わせながら、なんとか笑顔を作る。少しでも気を緩めると、この腕が勝手に咲良の華奢《きゃしゃ》な身体を掻《か》き抱いてしまうだろう。

「……咲良ちゃん、ごめん。抱っこはできない。抱っこしたら、僕、もう止まれないから……」

こうなったら正直に言うしかない。

浅葱は覚悟を決めて目を閉じた。

自分を弟分だと思っている咲良にしてみれば驚くべき事実だろうし、これまでずっと安全な存在だと思っていたのに、と裏切られた気持ちにさせてしまうかもしれない。

実際、そう思われて距離を取られてしまうのが怖くて、浅葱はずっとこの言葉を口にするのを躊躇《ためら》ってきたのだから。

「僕、咲良ちゃんが好きなんだ。弟とか、番犬とかじゃない。君が好きだ。僕の番《つがい》になってほしいって、ずっと思い続けてる」

言ってしまった。情けないことに、咲良にどう思われるか不安で、瞼を開くことができない。だが怯えの反面、告白は正しい選択だったと思う自分もいる。咲良に選ばれたいのならば、弟分のままでいていいわけがない。男として、アルファとして、彼女のパートナーになりうる存在として認識してもらうためには、この告白は避《さ》けて通れない道なのだ。

そう心の中で自分を鼓舞して瞼を開こうとした浅葱は、その前に唇に柔らかな感触を受けてパッと目を見開く。

「――!?」

目の前に、咲良の長い睫毛があった。いや、おそらく睫毛、というべきか。至近距離にありすぎてボヤけていてよく見えないが、色の感じから多分睫毛だ。

（――イヤそうじゃないだろう！）

思わず自分で自分にツッコミを入れた。

重要なのはそこじゃない。

咲良の睫毛が至近距離にある理由だ。

（さ、咲良ちゃんに、キスされている……!?）

信じられないくらい柔らかな唇の感触や、ほのかに香るスイカズラの匂いに、ぐらりと脳が揺れた。

これはもう夢だ。夢でしかない。告白したうえでキスをされるなんて、こんな都合のいいことが起こるわけがない。いつ眠ったのか記憶がないが、夢とは大概そんなものだろう。

（夢なら、このまま押し倒してもいいのでは……？）

いやその前に抱き締めてもいいだろうか。そういえば抱っこをせがまれていたから、いっそ膝の上に抱えて抱き締めるのはどうだろうか。

現実逃避してそんなことを考えていると、咲良の唇がそっと離れていった。

頭の中で思考が迷走している浅葱が半ば呆然《ぼうぜん》と見つめていると、咲良は少しはにかんだように笑った。

「私も、浅葱が好き」

「……え？」

何か都合のいいセリフが聞こえた気がして、思わず聞き返す。

そんなわけがない。聞き間違いだ。あるいは、やはりこれは全て夢だ。

頭の中でグルグルと思考が巡ったが、目の前の咲良が手を伸ばして浅葱の頬に触れたことで、これが現実だと分かった。温かくて、柔らかい。これは、咲良は、ちゃんと現実だ。

「私、このお見合いが決まった時、どうしても乗り気になれなかった。小清水家の子として、いずれは政略結婚をしなくちゃって分かっていたのに……。どうしてこんなに嫌なんだろうって考えた時、私、相手が浅葱じゃないからだって気づいたの。私の傍《そば》にいてくれるのも、私に触れるのも、浅葱じゃなくちゃ、イヤなの」

浅葱がポカンとしていたのを、説明を求められているのだと思ったのかもしれない。

咲良は少し考えながら、ゆっくりと、自分の想いを伝えてくれる。

彼女が喋《しゃべ》る言葉の一音一音を、脳に焼き付けるように……いや、それだけじゃ足りない。骨にも刻むようにして、浅葱は聞いていた。

「浅葱が好きよ。……私の番《つがい》になって」

その言葉を聞いた瞬間、浅葱は彼女を掻き抱いていた。

細く、嫋《たお》やかな身体は想像以上に柔らかく、いい匂いがする。これまでも何度も抱きついたことがあったが、その際に浅葱はできるだけ彼女の身体の感触を感じないように、自分の感覚をシャットアウトしていた。それはＨＴＣＴで学んだ自己制御《セルフコントロール》の一つで、発情期《ヒート》テロに遭った時の対処法でもある。アルファの本能で咲良を襲ってしまわないように、日常の接触でも細心の注意を払っていたのだ。

だが今、なんの制御《コントロール》もせずに彼女を抱き締めている。

（……やばい、涙が出そうだ）

バカみたいに幸せだと思った。

「浅葱……」

咲良の声、匂い、感触――それら全てが、堪《たま》らなく愛おしかった。

「……咲良ちゃん、それ、意味分かってる？　幼児退行してたから無効、とかナシだからね？」

浅葱の念押しに、咲良はプッと噴き出した。

「幼稚退行？　そんなこと思ってたの？」

「だって、〝抱っこして〟とか、いつもだったら言わないことを言うから……」

そう言うと、咲良は少し頬を赤く染めて唇を尖《とが》らせた。

なんだその顔可愛いからやめてください。

「だって、好きだって自覚したら、浅葱にくっつきたくて我慢できなくて……」

「な……!?」

可愛すぎる理由に浅葱の心臓が止まりかける。

「……おかしかった？」

「おかしくないよ、おかしいわけがない！　むしろ超絶可愛かったのでもっとください！」

咄嗟《とっさ》に本音が早口で飛び出してしまったが、咲良は引いたりせずにクスクスと笑ってくれた。

「私が甘えたいのも、触れてほしいのも、浅葱だけ」

「咲良ちゃん……」

ようやくだ。

ようやく、咲良に振り向いてもらえた。初めて会った時から十五年間、ずっと咲良だけを求めて生きてきた。傍にいることを許されても、どれほど微笑みかけてもらっても、この腕の中に捕らえることができなかった。夜空に輝く月のような、手の届かない人だった。

咲良が欲しくて欲しくて、気が狂いそうになった夜もあった。

己の力のなさが悔しくて、泣いた日もあった。

その咲良に、好きだと言ってもらえた。

目頭が熱くなって、浅葱は咲良の首元に顔を埋《うず》めた。

泣いているのを見られるのは、さすがに情けなさすぎる。

だが咲良にはバレていたようで、ポンポンと宥《なだ》めるように頭を撫《な》でられてしまった。

「相変わらず泣き虫ね」

「……泣いてないよ」

「ふふ、そう」

全く信じていないのが伝わってくる相槌《あいづち》に、敵《かな》わないなと思う。

だが敵わなくていいのだ。

(君には一生敵わなくていい。ずっと僕の〝ご主人様〟でいて……)

願うように咲良の首に鼻を擦《こす》り付けていると、彼女が身を起こして浅葱の顔を両手で包み込んだ。

この世で一番きれいな瞳に見つめられる。

「ねえ、キスして、浅葱」

優しく甘い誘惑に、浅葱はグッと奥歯を噛《か》み締める。

「待って、咲良ちゃん。僕、これ以上はもう、本当に我慢が利かなくなるから……！」

「私たち、好き合っているんでしょう？　どうして我慢するの？」

可愛く首を傾《かし》げられ、浅葱はうっと言葉に詰まった。

咲良と両想いになれた歓びに流されて、このまま事に及んでしまいたい願望はもちろんある。

だがそれをやっていいのは、『咲良を守り切る力のあるアルファ』だけなのだ。

小清水夫妻は、浅葱にその力がないと判断している。それを覆《くつがえ》すために、浅葱はその力を証明しなくてはならないが、未だそれができていない。

おそらく今の状態で浅葱が咲良の純潔を奪えば、あの最恐夫妻によって二人は引き離されてしまうだろう。

「今は我慢しないと。夜月様に認めてもらうまでは……」

「ママの許可なんて待ってたら、私、おばあちゃんになっちゃう。このままだとママの見繕ってきた候補者たちのいずれかに嫁がされてしまうのがオチよ。その前に浅葱と〝番契約《つがい》〟をしてしまえば、他のアルファに嫁ぐことはできなくなるわ」

「そんなことをしたら、咲良ちゃんが家を勘当されるだろう！」

思わず大きな声が出た。

だが咲良は分かっているとでも言うように微笑んで、「そうよ」と首肯する。

「六花《りっか》ちゃんの件があったもの。分かっているわ」

咲良の次姉《じし》の六花は、行きずりのアルファと番契約《つがい》をして妊娠してしまい、小清水家を勘当されたのだ。未婚の『女神胎《めがみばら》』の数が減ったと、その界隈では話題になったし、たとえ我が子であろうとも命令に背くものは排除する小清水家当主の冷徹さに、賛否両論が湧いたものだ。

幸いにして六花の番《つがい》となったアルファも、小清水家ほどではないがそれなりに経済力と権力を持っていたため、番《つがい》と子どもたちを厳重に守ることができているようだ。

むろん浅葱とて、どんなことをしてでも咲良を守り抜くつもりだし、その自信だってある。

だが、問題はそこではない。

浅葱は、咲良が小清水家を勘当されるような状況にさせたくないのだ。

「分かってないよ！　咲良ちゃん、家族が大好きだろう!?　ご両親のことも、きょうだいたちのことも、なにより大切にしてるじゃないか。その家族と離れ離れになるんだよ？」

「そうよ。私は家族を愛してるし、なによりも大切」

「ほら……！」

「……でも、同じくらい、浅葱も愛しているの。私の番《つがい》は、君以外考えられない。もう無理なの。だから、私の選択は一つよ」

落ち着いた声色で、キッパリと言い切る咲良の、なんて美しいことか。

浅葱は息を止めてその顔に見入る。

あんなに家族を愛している咲良が、それでも自分を選んでくれたことが、信じられないくらいに嬉しかった。

だが嬉しければ嬉しいほど、咲良にそれをさせてはいけないという気持ちは強くなる。

「ダメだ」

「浅葱」

「ダメだよ。番《つがい》は、守り合い、与え合う存在だ。それなのに、奪うなんてあり得ない。僕は咲良ちゃんから何も奪いたくない。——絶対に」

『絶対』と言い切った浅葱に、咲良はジトリとした眼差しで睨んでくる。

その顔をすれば浅葱が言うことを聞くと思っているのだ。

（こ、これまではそうだったかもしれないけど、これだけは譲れない……！）

意志を強く持って咲良の眼差しを受け止めていると、咲良がまた唇を突き出した。

「……浅葱は、私を抱きたくないの？」

今度は色仕掛けというわけだ。

浅葱は盛大なため息をついた。

「抱きたいに決まってるでしょ……」

「じゃあ我慢しないで」

「僕だって我慢なんかしたくないよ。でも……」

「このままじゃ、私、他のアルファに嫁がされてしまうかもしれないのよ？」

「僕がさせない」

「でも……」

堂々巡りの問答に、浅葱は少し苛立《いらだ》ちを覚えた。

咲良が不安がっているのは分かっている。なにしろ相手は金も権力もコネも最大級に持っている最恐夫妻である。こちらがいくら説得しようと、努力しようと、そんなことは無意味とばかりに切り捨てられるのは目に見えている。

言葉を尽くして両親を説得する努力をするよりは、既成事実を作って押し切った方がいいと思うのも、まあ無理からぬことだ。

だがそれは言い換えれば、浅葱があの両親に敵うとは思っていないということだ。

(実際、僕も真っ向勝負でも奇襲であっても、あの人たちに勝てる気は全くしない……)

とはいえ、最愛の番《つがい》(予定)にまでそんなふうに思われている現実が、少々情けなく悔しいのである。

全て己の至らなさゆえではあるが、みすみす咲良を奪われるようなヘマはしない。

もうちょっと信じてくれてもいいのではないだろうか。

一歩も引かない言い合いに、お互いにじっと相手を睨みつけるように見つめ合った後、咲良がポツリと呟《つぶや》く。

「……浅葱、本当に私のことが好きなの？」

プチン、と堪忍袋の緒が切れる音が聞こえた。

普段、咲良はこんなことを言わない。いくら言い募っても首を縦に振らない浅葱に焦《じ》れたのだろう。ならば、いっそ煽《あお》ってみては？　という挑発なのだろうことは分かっていた。

——だが、よりによって、そこを疑う発言をされるとは。

トン、と片手で咲良の肩を押すと、華奢な彼女の身体はあっさりとベッドの上に仰向けに倒れる。

「……え？」

何が起きたか理解できなかったのか、咲良がキョトンとした顔でこちらを見上げている。そんな顔もどうしようもなく可愛いから困る。

浅葱はその顔の脇に手を突いて、上から覆《おお》い被さるようにして咲良の顔を見下ろした。

「どれだけ君を抱きたいと思い続けてきたか、教えてあげようか？」

低い声で囁くと、咲良は驚いたように目を丸くしている。

「……あ、浅葱……？」

「君はもう少し、僕の想いを思い知るべきかもしれないね、咲良ちゃん」

うっそりと微笑み、浅葱はもう片方の手で咲良の顎を押さえ、さくらんぼのように赤い唇に自分のそれを重ねた。

「んっ……！」

可愛い鼻声を聞きながら、柔らかな唇を、思うままに貪《むさぼ》る。

ずっと味わってみたいと思い続けてきた果実だ。熟れた唇の肉は柔らかいだけじゃなく、ベルベットのように滑らかだった。

先ほど彼女からされたキスは、唇が触れ合うだけの可愛らしいものだったが、浅葱がしたいキスは違う。喰《は》んで、舐《な》めて、味わって、貪り尽くすキスだ。

下唇の肉に歯を当てながら、小さな歯に舌を這《は》わせる。咲良の甘い唾液の味がして、背中にゾクゾクとした歓喜が走り下りる。薄く開いた歯列にやや強引に舌を捩《ね》じ込むと、甘露の味が一気に濃厚になった。

咲良の口の中は熱く滑らかで、花の蜜のように甘かった。

初めて味わうその甘味を歓喜と共に味わっていると、咲良の小さな舌に触れる。濃厚なキスは初めてなのだろう。怯えるように奥で縮こまっているのが可愛くて憐《あわ》れで、浅葱は宥めるように優しく舌を絡ませた。

「んっ、んぅ……」

仔犬《こいぬ》のような微《かす》かな鳴き声をあげながらも、咲良は拒まない。

それをいいことに、浅葱は思うままに小さな口内を文字どおり蹂躙《じゅうりん》していった。

「ふ、……ん、ぁっ、んんっ！」

柔らかい舌の付け根をねっとりと舐《ねぶ》り、擦り合わせる。異物が侵入したせいか、咲良の甘い唾液が泉のように湧き出していて、浅葱は嬉々《きき》としてそれを啜《すす》り、嚥下《えんげ》する。比喩《ひゆ》ではなく、本当に甘いから不思議だ。これが人間の体液であるなんて信じられない。

（唾液が甘いなんて、聞いたことがないが……）

咲良がオメガの中でも特殊な『女神胎』だからなのか、あるいは浅葱が咲良を愛しすぎているからそう感じるだけなのか。

だがそんなことはどうでもいい。今はただ、この花蜜を味わうことしか考えたくなかった。

尖らせた舌先で口蓋《こうがい》をなぞると、咲良がビクリと首を竦《すく》める。どうやら敏感な場所だったようだ。嬉しくなってそこを重点的に擽《くすぐ》りながら、片手で咲良の乳房を服の上から弄《まさぐ》った。

思ったよりも重量感のある感触に、浅葱は内心少し驚く。咲良は芸術家肌だが、きっちりとした生活を好む。三食バランスのいい食事を自分で手作りし、ヨガや筋トレなど、日々のワークアウトを欠かさない。健康維持のためなのだろうか、そのおかげで身体つきはスレンダーなモデル体型だ。

だから胸もあまり大きくないと思っていたのだが、これは予想外だ。

浅葱は咲良の胸であれば大きさなどどうでもいいのだが、それでもこのふわふわとした感触は嬉しいかもしれない。

「んっ……！」

乳房を掴《つか》まれて、咲良が一瞬びっくりしたように目を見開いたが、止めようとはしない。

それに安堵《あんど》しつつ、浅葱は咲良の着ているカットソーをインナーごとたくし上げた。咲良をベッドに寝かせる際に、少しでも寝心地がいいようにと、コートとカーディガンを脱がせておいたから、剥《は》ぎ取るのはあっという間だ。

自分よりも体温が低いのだろう。触れると咲良の素肌は少しひんやりとしていて、クリームのように滑らかだった。今自分は咲良の肌に触れているのだと手のひらの感覚からも実感すると、身体が興奮で熱くなった。

肌の感触を味わうように咲良の身体をゆっくりと撫で上げていくと、布の感触にぶつかった。ブラジャーはまだ残っていたのだと気づき、浅葱はキスをやめて上体を起こす。

――下着姿の咲良。見たい。

日本語を覚えたての外国人のようになりながら、咲良の上に馬乗りになった状態で彼女の姿を見下ろした。

カットソーを首元までたくし上げられ、平らな腹が丸見えになっている。触り心地の印象で分かっていたが、肌理《きめ》が細かく、真っ白で、陶磁器のように光っていた。捲《まく》り上げられた衣類の下には、ペールブルーのレースの下着で飾られた、形の良い乳房が見える。雪のように白い肌と氷のような淡いブルーの組み合わせが、凛《りん》とした咲良の雰囲気によく似合っていた。

咲良はキスで息が切れたのか、頬を上気させぼんやりとこちらを見上げている。

(……めちゃくちゃきれいだ……)

まるで雪の精霊か女神のようだ。

自分のような者が触れていいのかという疑問すら湧いてくるが、浅葱は冷笑でそれを振り払う。

(たとえ触れることが許されない女神だとしても構わない)

咲良を手に入れられるなら、どんな罪だろうと喜んで犯してやる。

挑発的な気持ちのままに、形良く寄せられた谷間に指を差し入れ、カップをずり下げた。ふるん、と柔く丸い肉がまろび出てくるのを見て、浅葱は思わずその上に顔を伏せる。信じられないくらい柔らかく滑らかな感触と、咲良の甘い肌の匂いに、脳がカッと熱くなった。片手で乳房を鷲掴《わしづか》みにし、その中心にある薄紅の小さな蕾《つぼみ》にむしゃぶりつく。

「ヒァッ……!」

驚いたような可愛い悲鳴が聞こえたが、もう気にする余裕はなかった。

舐めしゃぶり、舌先で軽く転がすと、柔らかかった乳首はあっという間に芯をもって硬く凝《しこ》る。それが健気《けなげ》に思えて、何度も労《いたわ》るように舌で撫で回していると、咲良の腰が妖しくくねり、冷たかった肌が熱を帯び始める。

彼女が興奮しているのを感じて、浅葱の欲望にも加速がかかった。

穿《は》いているスラックスの中では、浅葱の熱杭がもうすでにはち切れんばかりになっていて痛いくらいだ。

まだ胸に触っただけでこれでは、この先どうなってしまうのか、自分でも恐ろしい。

(……だが、今日はダメだ。最後まではしない)

我ながら頭がおかしいと思うが、愛する番《つがい》を半裸にしているこの状況でも、浅葱は咲良を最後まで抱くつもりはなかった。もちろん、抱きたい。自分のモノを彼女の中に挿《い》れてぐちゃぐちゃにして、彼女の一番奥に精を吐《は》き出しながら、あの細い項《うなじ》に思い切り噛みついてしまいたい。

だが、それは彼女から家族を奪うことに他ならない。

咲良は自分の人生に喜びを与えてくれた人だ。そんな彼女から何かを奪うなんて、絶対にしたくない。

だから浅葱は、小清水夫妻を納得させるまでは、『番契約《つがい》』は、たとえ咲良が望んでいても、絶対にしない。

それなのになぜ今彼女に触れているのかといえば、彼女の番《つがい》になると決めた自分の覚悟とはどういうものなのかを思い知ってもらうためだ。

どれほど咲良を好きだったか。どれほど咲良に触れたいと思い続けてきたか。浅葱が番犬よろしく彼女の傍に侍《はべ》りながらも、どんな恋情と執着と欲望を抱えてきたのかを、咲良は知るべきだ。

浅葱は乳首に舌を巻きつけ吸い上げながら、片手を太腿へと伸ばした。

手のひらでロングスカートの薄い生地の上から撫で下ろしていくと、布の下で咲良が脚に力を込めるのが分かった。それを宥めるように乳首を強く吸うと、強い快感に脚元の警戒は緩んで力が抜けていく。その隙に、浅葱は艶《なま》めかしい曲線を描く両脚の間に自分の膝を捩じ込んで割り開く。

(……ああ、スカートが邪魔だな……)

咲良が今穿いているスカートはタイトなタイプではないが、それでも思うままに触れられるとは言い難《がた》い。脱がせてしまおう、と決めた浅葱は、ウエストへ手をかけた。幸いウエスト部分はゴム仕様だったので、浅葱はその内側のもう一枚であるタイツと一緒にずり下ろしていった。

こういう時に、自分の腕が長いのは非常に便利だ。多少の引っ掛かりはあったが、あっさりと剥ぎ取ることができた。余計な布を取り払われ現れた柔らかな素肌から、咲良の肌の甘い匂いが立ち上る。その匂いをもっと嗅《か》ぎたくて、浅葱は顔を下げていく。

下乳に柔らかく歯を当て、噛んだ部分を労《いたわ》るように舐めながら、みぞおちを唇で撫でる。

「あっ……！」

皮膚の薄い部分は敏感なのか、触れるか触れないかという愛撫《あいぶ》に、咲良が声をあげて身体を震わせた。その反応が愛しくて、嬉しくて、頭が焼け焦《こ》げそうだ。

肋骨を一本一本数えるようにキスをした後、咲良の片膝に手を差し入れて持ち上げるようにして開かせた。モデルのような脚線美を描く脚は、内腿にむっちりと肉感的でふるいつきたくなるような妖しさがあり、浅葱はゴクリと唾を呑《の》んだ。

持ち上げた方の足を掴《つか》むと、浅葱はその甲にキスを落とす。

ちゅ、と小さなリップ音が立ち、咲良が顔だけをこちらへ向けて困ったように言った。

「あ、浅葱、足なんて、汚い……」

「咲良ちゃんの身体で汚い場所なんてないよ」

咲良の訴えを一蹴すると、浅葱は見せつけるようにして足の指を舐める。

「んっ……！」

親指を口に含むと、親指の爪の形を確かめるように舌でなぞる。足の指まで、咲良は甘くていい匂いがするから不思議だ。尖《とが》らせた舌先を指の間に這《は》わせると、咲良の身体がビクンと揺れる。

「あ、ダメ、浅葱……」

そんな頼りない制止が効くと思っているのだろうか。

「ダメじゃないよ、咲良ちゃん。ずっとこうしたかったんだ」

「こ、こうしたかったって……」

「咲良ちゃんの身体の隅々まで舐めて、齧《かじ》って、全部曝《あば》きたいと思ってた。その宝石みたいな目にも、可愛い鼻にも、プルプルした唇にも、いつだって齧り付きたいと思ってたし、細い項《うなじ》をキスマークでいっぱいにしたかったし、いつも服で見えないおっぱいは揉みしだきたいと思ってた」

自分の願望を赤裸々に語ると、咲良は顔を真っ赤にして両手で目を覆った。

「あ、浅葱……！　恥ずかしいから……！」

その初心《うぶ》な反応に、浅葱は思わず皮肉っぽい笑いが込み上げる。

「このくらいで恥ずかしがってて、この先どうするの、咲良ちゃん」

「こ、このくらい……!?」

「これからもっとすごいことするのに」

「え……えぇ……」

熟れたりんごのような上気した顔で、狼狽《うろた》えたようにオロオロと目を泳がせる様子が、可愛いけど憎らしい。

浅葱はこれまで、自分が必死で隠していた火のような欲求と欲望に気づくどころか、そんなものがあるとすら思っていない咲良を、どこかで憎らしいと思っていた。

咲良にしてみれば、そんなものは浅葱の身勝手で理不尽な感情だ。それは十分分かっていても、気づいてさえもらえない恋情に、わずかながらも鬱憤《うっぷん》を抱えずにはいられなかった。

「僕が咲良ちゃんに触れるのを、どれだけ我慢してきたのか、ちゃんと思い知って」

うっそりと笑って宣言すると、浅葱は真っ白な内腿に齧り付く。

「ひぁっ……！」

咲良が小さな悲鳴をあげて身をくねらせた。

太腿の肉は柔らかく、甘く、このまま噛みちぎって咀嚼《そしゃく》したい衝動が込み上げた。だが咲良に痛い思いなどさせられるわけがなく、仕方なくキツく吸い上げ、キスマークをつけるだけにとどめる。真っ白な雪原のような咲良の身体についた赤い鬱血痕《うっけつこん》を見ると、奇妙なほど心が満たされる自分におかしくなった。

そのまま愛撫で内腿を這い上がっていくと、脚の付け根へと辿《たど》り着いた。

さっき見たブラジャーとお揃《そろ》いのペールブルーだ。クロッチの部分を指でツッと撫でると、薄い生地は熱を持ち、ほんのりと濃くなった色合いの部分が湿り気を帯びていた。それにゾクゾクとした悦《よろこ》びを覚えながら、浅葱はポツンとシルクを押し上げている小さな突起を見つけると、それに歯を当てた。

「ぁっ⁉」

咲良の身体が大袈裟《おおげさ》なほどに跳ねる。

それが嬉しくて、浅葱はその硬い蕾を舌先でクリクリと小刻みに擦《こす》り上げた。

「あっ……ん、ぁっ……、あ、さ……ぅんん、それ、ダメぇ……」

必死に堪《こら》えようとしているのか、絞り出すような咲良の嬌声《きょうせい》が、余計に興奮を煽《あお》る。シルクから滲《にじ》み出る愛液が甘い。

ダメと言うくせに、熱を持ってじっとりと汗をかき始めているし、薄いシルクの向こうでは淫《みだ》らな水音が大きくなっている。感じていることは隠しようもないのに、そんなことを言うのは羞恥心《しゅうちしん》からだろうか。

「……恥ずかしいなんて、感じてる暇なんかないようにしてあげる」

ボソリとそう呟《つぶや》くと、浅葱は指でショーツを脇に寄せ中の痴態《ちたい》を曝《さら》け出す。

咲良のそこは、すでにしとどに濡《ぬ》れていた。きれいなピンク色の花弁はまだ閉じていたが、溢《あふ》れ出る愛液でテラテラと光っているのが妙に艶《なま》めかしい。恥毛《ちもう》は濃いめの産毛程度のものが生えているくらいで、その下に先ほどまで弄《いじ》っていた真珠がぷっくりと顔を出して震えている。咲良の肌の甘い香りと甘酸っぱい愛液の匂いが混じって、浅葱の下半身を直撃する。

生唾が込み上げ、ゴクリとそれを嚥下しながら、浅葱は人差し指と中指でゆっくりと花弁を開いた。ピチャリと粘ついた水音と共に、小さな小さな雌孔《めすあな》が見えて、そこに指を挿《さ》し入れた。

「うわ、あっつ……」

潤んだ隘路《あいろ》は、指が溶けてしまうのではと思うほど熱かった。みっちりと詰まった媚肉が浅葱の指を歓待するように絡みついてくる。

(うわ、やば……めっちゃ気持ち好《よ》さそう……)

今スラックスの中でガチガチに膨らんでいる自分のモノを、この中に突き入れるのを想像するだけで、頭が爆発しそうだ。

(クソ、挿《い》れたい、挿れたい、挿れたい、挿れたい……!)

肉欲が膨れ上がり、制御《コントロール》を凌駕《りょうが》しようとするのを感じて、浅葱はグッと奥歯を噛み締める。

ダメだ、ここで負けては、『番犬』以下だ。彼女の番《つがい》になるならば——彼女の幸福を第一に考えられるアルファでなくてはならないのだ。

暴れ出そうとする本能を意志の力で押さえ込み、浅葱は愛撫を再開する。熱い泥濘《ぬかるみ》にもう一本指を挿入すると、咲良の感じる場所を探っていく。

「ん、ぁあっ……浅葱、そんな、ナカ、弄らないで……」

「解して慣らしていかないと、僕のなんか挿入《はい》らないよ」

二本の指を交互にバタバタと動かしたり、蜜壁を引っ掻いたりするたびに、膣内の肉襞が指を締め付けるように蠕動《ぜんどう》する。腹側を指の腹でグッと押すと、咲良が小さく悲鳴をあげた。どうやらここが好きな場所のようだ。そこばかり集中的に弄っていると、愛液がとめどなく奥から溢れ出してきて、浅葱の手をぐっしょりと濡らした。

(もったいないな……)

単純にそう思って、浅葱は躊躇《ちゅうちょ》なく蜜口に舌を這わせ、溢れ出た愛液を舐め取った。濃厚な果実の汁のような甘さに目を見張る。極上の桃のように芳《かぐわ》しい甘さだった。

(——人間の体液がこんなに甘いなんてことがあるのか?)

わけが分からなかったが、その疑問もすぐに欲望に押し流されていく。

もっとその果汁を味わいたくて、指を泥濘から引き抜き、蜜口に唇を当て夢中で啜り上げた。舌を捩じ込み、直接膣壁を味わうと、その濃厚さに頭がぐらりと揺れる。もっともっと欲しいと、アルファの肉欲が叫《さけ》ぶのが分かった。舌をできるだけ伸ばして隘路の奥までぐるりと舐め回しながら、蜜口の上で震える肉の真珠を鼻先でぐりぐりと刺激する。

「ああんっ……あ、っぁあ、は、ぁ……あさぎ……あさぎっ、なんか、きちゃうっ」

敏感な陰核へ刺激を加えられ、咲良が半分涙声で言いながら、腰をくねらせて快感から逃れようとする。だがそうはさせないと浅葱は彼女の太腿を掴んで固定し、愛撫を執拗《しつよう》に続けた。

「あっ……ぁっ、……ん、んん〜〜ッ、ぁあ……」

ずっと堪えるようだった咲良の嬌声が、どんどんと大きくなっていく。

太腿がブルブルと震え、その肌にうっすらと汗が浮かび始めていた。

甘い匂いがむせ返るほど濃密になる。

——絶頂が近いのだ。

そう悟った浅葱は、膣内《ナカ》から舌を引き抜き、鼻で弄っていた陰核を唇で挟み込み、思い切り吸い上げる。

「ひ、ぁあああぁッ！」

甲高い悲鳴をあげ、咲良が背を弓形《ゆみなり》にして達した。

ビクビクと痙攣《けいれん》する四肢をゆっくりと手で撫でながら、浅葱は身を起こして愛液塗《まみ》れになった口元を拭《ぬぐ》う。

もう限界だった。

手早くスラックスを寛《くつろ》げると、中から勢いよく肉棒が飛び出してくる。ここまで我慢させたのだから当然だが、天を突くようにそそり勃《た》ったその姿は、完全に臨戦態勢だ。先走りが滲《にじ》んで濡れたその屹立《きつりつ》を露《あら》わにしたまま、くったりと身を弛緩させた咲良の膝を立たせた。

「……あさぎ……？」

まだ絶頂の余韻の中にいるのか、咲良が少しぼんやりとした口調で名を呼んできたが、浅葱にはもう応える余裕がない。

無言のまま、未だ濡れそぼりヒクヒクと痙攣している女陰に沿わせるように自身の肉棒を置くと、内腿で挟んで腰を前後させ始める。――いわゆる、素股と言うやつだ。

十分な量の愛液のおかげで、動きは驚くほどスムーズだ。腰を打ち付けるたびにグチュグチュと淫らな音が鳴った。咲良の太腿は柔らかく滑らかで、彼女の美しい脚に自分のグロテスクな陰茎を挟んで擦っているのだと思うと、それだけで脳が溶けそうに気持ち好《い》い。本音はもちろん、彼女の膣内《ナカ》をガンガンに突きまくってやりたい、だが、必死に歯を食いしばってその怒りのような欲望を抑え込む。

「エッ……え？　あ、浅葱？　んっ、ぁっ……ぁあ！」

驚いたような声をあげた咲良は、だが浅葱の亀頭が陰核を擦り上げると、再び襲ってきた快感にまた嬌声をあげ始めた。

どの角度が咲良のクリトリスをうまく刺激できるのかを把握した浅葱は、腰を穿《うが》つスピードを上げて自身を射精へと追い込んでいく。一度射精《だ》してしまわなければ、このままでは我慢が効かなくなると、本能で分かっていた。

（咲良ちゃんの純潔を奪ってしまう前に、早く――――！）

逸《はや》る気持ちに合わせて、腰の律動のスピードも上がる。当然同じスピードでクリトリスを刺激され続けた咲良が、またプルプルと身体を震わせ始めた。

「あっ、ぁん、ああっ……はや、速い……また来ちゃう、来ちゃうよお、あさぎぃ……ッ！」

その可愛い声に、浅葱の脳髄が揺さぶられる。ゾワゾワとした射精感が腰から這い下り、睾丸に精子が上がってくるのが分かった。

「咲良ちゃん、咲良ちゃん……愛してる……！」

「ああっ、浅葱……！」

強い快感が脳天を走り抜け、鈴口から精液が勢いよく迸《ほとばし》る。

同時に、咲良がまた背を弓形にして高みに駆け上がった。

真っ白な彼女の身体を、自分の吐き出した白濁《はくだく》がねっとりと汚していく様子に背徳的な満足感を覚えつつ、浅葱は彼女を襲わずに済んだことに、ホッと安堵のため息を漏《も》らしたのだった。

第四章　天国と地獄

『あははは！　なるほどねぇ、私がベルリンへ出張に行ってる間に、そんな面白いことになってたとは……』

スマホの向こうから聞こえてくる妹の愉快そうな口調に、咲良《さくら》はやれやれとため息をついた。

「もう、麻央《まお》ちゃんってば。ちゃんと話聞いてた？　笑い事じゃないのよ。全然面白くないでしょ、大変だったんだから！」

電話の相手は、小清水《こしみず》家の四女、咲良にとっては唯一の妹、麻央である。

子どもの頃から習っていたヴァイオリンでその才能を開花させた麻央は、高校から音楽コースのある学校へ入学したものの、高校二年の時に出場した世界的コンクールでグランプリを獲得したことをきっかけに、卒業を待たずにアメリカの有名な音楽学院へと進学していた。

二十四歳になった現在も、修士号を取得するために学院に所属しつつ、ソリストとして世界中の楽団に呼ばれて演奏をしている、大人気ヴァイオリニストなのだ。

とても稀有《けう》な才能の持ち主なのだが、本人にはその自覚が全くなく、いつだってマイペースなものだから、周囲の方が気を揉《も》んでしまう。

ちなみに『ベルリンに出張』というのも、ベルリンフィルハーモニー管弦楽団と共演したことを言っている。そんな特殊な案件を『出張』とか、サラリーマンみたいに言わないでほしい。

『あはは。いやいや、でもさ～。あの浅葱《あさぎ》くんがとうとう念願を果たしたかぁと思ったら、なかなか感慨深くって……』

浅葱は子どもの頃からしょっちゅう小清水家に出入りしていたので、当然咲良のきょうだいたちとも面識がある。特に麻央は歳が近かったことから、咲良たちの遊びに交じることが多く、浅葱とも気心が知れた仲なのだ。

「あ、あのってどういう意味よ……。それに、念願って……」

『いやぁ、あのはあのでしょ。健気《けなげ》だったよぉ。どれだけアピールしても気づいてもらえないのに、それでもめげずに咲良ちゃん、咲良ちゃんって必死について回って……。咲良ちゃんは完全に弟扱いだったし！』

「だ、だってあの頃は、本当にそう思ってたし、私たち〝女神胎《めがみばら》〟にとって恋愛なんてないも同然のものだったし……！」

実の妹からの冷やかしに、揶揄《からか》われていると分かっていてもつい顔が赤くなってしまう。

『まぁねぇ。ウチは特殊だから、そうなるのも仕方ないけど。浅葱くんは、そういうの全部分かったうえで咲良ちゃんの傍《そば》に居続けたってことだから、健気だなってみんなで言ってたんだよ』

クスクスと笑いながら言われたセリフに引っ掛かりを覚え、咲良は「ん？」と指でこめかみを押さえる。

「ちょっと、待って……なんとなく聞き流してしまっていたけど、みんなってつまり、麻央ちゃんも他のみんなも、浅葱が私のこと好きだって知ってたってこと？」

自分は、つい昨日知ったばかりなのですか!?　と驚きながら訊《たず》ねると、麻央はキョトンとした声になった。

『え、そりゃあ、あれだけ分かりやすかったらねぇ。きょうだい全員気づいてたと思うけど』

「きょ、きょうだい、全員……」

咲良は思わず鸚鵡返《おうむがえ》しをして赤面する。

ということは、これまで自分たちは、きょうだい全員から生ぬるい目で見られていたということである。なかなかに恥ずかしい。

『逆に、咲良ちゃんは浅葱くんの気持ちに、今まで本当に気づいてなかったの？』

「き、気づいてなかったっていうか、そりゃ、懐かれている自覚はあったけど、家族愛みたいなものだと思ってて……」

『アッハッハッハ！　恋愛に興味がないにもほどがあるでしょ～～！』

「うっ……」

盛大に爆笑されたが、内容が図星すぎてぐうの音も出ない。

確かに、咲良はこれまで『恋愛』というものに全く興味がなかった。いずれ母の選んだアルファと結婚しなくてはならない以上、誰かと恋愛をしてもすぐに別離が待っている。そう思うと、する気が失せるというものだし、陶芸の魅力にハマってからは、愛だの恋だのへ割く時間も興味もなかった。なにより、恋人がいなくとも自分の世界も時間も十分に充実していて、それ以上必要なものは何もなかったのだ。

(……でも思い返せば、どんな時もずっと浅葱が傍にいてくれた……。だからこそ、私は満足していられたんだわ……)

そんなことをしみじみと感じつつ、電話の向こうで笑い転げている妹に口を尖《とが》らせる。

「もう、そんなに笑わなくたっていいでしょ」

『あはは、ご、ごめん……。でも浅葱くん、本当におめでとうだわ～。いやはや、よくこんな鈍感かつ恋愛に興味のない咲良ちゃんを落としたねぇ！　石の上にも三年……いや十年？　待って、十五年じゃない!?　根性あるなぁ～！』

確かに、自分が鈍感なせいで十五年間も浅葱に我慢させたままでいたことを思えば、浅葱は根性があるし、自分は少し反省するべきなのかもしれない。

『まあ、それは置いといて。問題はママのことよね』

麻央がガラリと口調を変えて言った。

ママ、の言葉に、咲良は思わず背筋を伸ばしてしまいながら「うん」と首肯する。

「浅葱とのことはまだ話してないんだけど、言わなくちゃと思ってる」

なにせ、浅葱と自分が結ばれたのは昨日なので、まだ踏ん切りがつかないでいるところである。

『言わなくちゃいけないのは確かだけど……まあ、大騒ぎにはなるよねぇ』

「うん……。浅葱と番《つがい》になりたいって言えば、怒られるし、反対されるだろうことは分かってる。最悪の場合、家を勘当されることもね」

『まあ、それはそう……』

お互いに口調が重たくなるのは、次姉《じし》の六花《りっか》の例があるからだ。

母は身内には大変甘いが、同時に歯向かう者には容赦をしない。やると言ったらやる人なのである。

『私さ、なんだか変だなって思うのよね。変っていうか、奇妙……？』

「奇妙って……何が？」

『ほら、私たちって、家のためにママの選んだアルファと結婚するんだって、あれほど小さい時から言い聞かせられてきたじゃない。なのに実際にママが選んだアルファと結婚したのって、今のところ、羽衣《うい》ちゃんだけ。それも、最初決まってたふーちゃんじゃなくて、きーちゃんだったし……』

長姉《ちょうし》の羽衣は生まれた時から王寺《おうじ》家に嫁ぐことが決まっていたが、最初に婚約していた王寺家の長男・藤生《ふじお》に『運命の番《つがい》』が現れてしまったため、次男の桐哉《きりや》と結婚することになったのだ。

蓋《ふた》を開けてみれば、桐哉と羽衣も『運命の番《つがい》』だったという落語のオチみたいな話なのだが。

ともあれ、確かに麻央の言うとおり、母が決めたアルファと結婚したのは羽衣一人である。

「でも、八雲《やくも》と東雲《しののめ》はオメガの婚約者がいるでしょ？」

現在二十二歳の双子の弟たちは、アルファと判定された頃にそれぞれ婚約者が決まっている。

『それがね、半分口約束みたいなもので、正式に決定されたものじゃないっぽいの』

「口約束？　え、本当に？」

『うん。それこそこの間、ベルリンでやっくんに会ってお茶したんだけど、あの子がそう言ってて、びっくりしちゃった』

『やっくん』とは八雲の愛称だ。ちなみに東雲は『しのくん』と呼ばれている。

「八雲、ベルリンにいたの？　東雲は？」

『しのくんは一緒じゃなかった。やっくんだけ。なんか、私がベルリンで弾くって知ったらしく、わざわざ聴きに来てくれたんだよ。珍しいよね、あの子、あんまり音楽に興味ないのに』

双子は今、それぞれイギリスに留学中である。高校生までは二人で一つと言わんばかりに、ずっと行動を共にしていた双子だったが、大学からは進学先が別々になり、行動もバラバラになっているようだ。

「本当だね。でも、婚約が口約束だったなんて、私も知らなかった。びっくりだね……。東雲もそうなのかな？」

『そっちは確認してないから分からないけど、やっくんがそうなら、しのくんも同じ可能性は高そうじゃない？』

「うーん、まあ、確かに……」

だがそうだとしても、あの厳格な母がそんな大事なことを曖昧《あいまい》にする理由が分からず、首を捻《ひね》りながら相槌《あいづち》を打つ。

『家のための政略結婚だというなら、私たち子どもの第二の性別が分かった時点で婚約を決めておいた方が、家にとってもいいはずでしょう？　なぜそれをしないで、今まで放置しているんだろうって思わない？』

「それはそうだけど……家同士のパワーバランスとか時期とかを見ているからなんじゃない？」

『時期……確かに、どの家も世界情勢の影響は受けるし、栄枯盛衰はあるから、できるだけ直近の状況から判断したいってことか。まあ、確かにそれも一理はある。うーん……でもなぁ、なーんか腑《ふ》に落ちないいんだよねぇ……』

麻央がなにやら考え込んでいるので、咲良は不思議になる。

「何がそんなに腑に落ちないの？」

『うーん。なんだろう……こう、頭の中でウワンウワンしてるんだけど、掴《つか》めないっていうか……』

「ウワンウワン……？」

ちょっとよく分からない。オノマトペがすぎやしないか。

『たとえるならC音とD音、あるいはB音とC音……？』

「ごめん、全然分かんない」

『あ、ほんと？　うーんうーん、……言葉で言ったら……うーん、ママの目的が、掴めない、かな……』

返ってきた答えに、咲良はますます首を傾《かし》げた。

それはずっと明白なのではないか。

「ママの目的……？　私たち〝女神胎〟を安全な家に嫁がせ、小清水家を守っていくってことじゃないの？」

『それはそう。そうなんだけど……うーん。私もまだ言語化できてないな。この違和感、言語化できたら伝えるね』

大変な芸術家気質な麻央は、論理的に物事を考えたり、感覚を言語化したりするのが子どもの頃から苦手だった。ジャンル違いとはいえ芸術家の端くれである咲良も近い感覚の持ち主なのだが、麻央の感覚言語を理解するのは難しい時がある。

『まあ、それはさておき、浅葱くんのこと、ママたちに言うにしても、どのタイミングで？』

「それが問題っていうか……今ちょうど、ママの選んだ〝番《つがい》候補〟に会ってみているところだし……」

『そうだねぇ……候補者って、五人いるんだっけ？　全員に会ってみた方が、ママの気持ちを汲《く》んでる感じになるんじゃない？』

麻央の提案に、咲良は首を横に振った。

「……浅葱を番《つがい》にするって、私がもう決めちゃってるから。断るって分かっているのに手間を取らせるのは相手に失礼だよ」

『まあ、そっか。そうだね、見合い相手のことも考えないとね……。だけど浅葱くんを番《つがい》にするって言えば、勘当コースになっちゃうでしょ？　それだったら、一人で生きていくための準備期間が必要じゃない？　浅葱くんの方も必要だろうし、だったら、見合い相手には悪いけど、一応全員に会っておいて、一ヶ月くらいの猶予を作った方がいいんじゃない？』

勘当されるまでの時間稼ぎをしようとする麻央に、思わず苦笑が込み上げる。

（やっぱり麻央ちゃんも、〝浅葱を選べば勘当される〟って思ってるんだよね……）

妹が自分と同じ意見だったことに、咲良は心の中でため息をつく。

実の妹もこう思っているのだ。自分が家から勘当されることはもう確実と言っていい。

それなのに浅葱はそうは思っていないようで、『僕が咲良ちゃんの番《つがい》として認めてもらえるよう、必ずご両親を納得させてみせるから。それまで待って』と言い張るのだ。

（……もし私がまだ浅葱と〝番契約《つがいけいやく》〟を済ませていないとママが知ったら、無理やりにでも引き離されちゃうかもしれない。だから早く抱いてほしかったのに……）

昨夜のことを思い出し、咲良はまた小さくため息をつく。

浅葱は咲良を愛撫《あいぶ》するばかりで、最後まで身体を繋《つな》げようとしなかった。

快楽で溶かされ、頭が真っ白になってしまった咲良は、途中から何をされているのかよく分かっていなかったけれど、それでも浅葱と一つになりたいという欲求は、行為の間中ずっと持っていた。

浅葱のあの逞《たくま》しいもので自分の内側を貫いて、ジクジクと疼《うず》く項《うなじ》に噛《か》みついてほしかった。

気がつけばそんなはしたない願望を抱く自分に、咲良はハッとなって慌てて頭の中の妄想を搔《か》き消す。

（わ、私ったら！　妹との電話中に、なんて妄想をしているの……！）

自分で自分を叱《しか》りつけながらも、昨夜の記憶を思い出したせいで下腹部がじんわりと熱を持つのが分かった。

『咲良ちゃん？』

姉が反応しなくなったのを訝《いぶか》しんだのか、スマホから麻央の怪訝《けげん》な声が聞こえてきて、咲良は慌てて返事をする。

「あ、ごめん。ちょっとぼーっとしてた」

『え？　大丈夫？　昨日倒れたって言ってたし、具合悪いなら電話はまた今度にする？』

「だ、大丈夫よ。気を失ったのも、追いかけられて抱きつかれたショックからで、精神的なストレスからだろうってお医者様に言われたから……」

言い訳のように言うと、麻央が憤慨した。

『もうっ！　何度聞いても腹が立つ、そいつ！　高座《たかくら》だっけ？』

先ほど、見合いの時の出来事を話した時も、盛大に腹を立てていたが、またその怒りに火がついたようだ。

『初めて会った異性に馴《な》れ馴れしく触ってくるだけでも非常識だっていうのに、怯《おび》えて逃げたオメガを追いかけて抱きつくとか！　変態じゃん！　普通に犯罪だよ！　アルファの風上にもおけない！　そもそも触られて生理的嫌悪を感じるようなアルファと番《つがい》になんかなれっこないよ。もちろん、断るって言ったんでしょ？』

「うん、それはもう。さっきママに電話で伝えた。そしたら、私が気を失った後に小清水の護衛《ガード》たちも駆けつけてくれていたらしくてね。報告も私がするよりも早く、彼らから受けてたみたいで、断るって話はすんなり通った」

咲良は母との電話を思い出して苦笑する。高座へ相当腹を立てているようで、声色から滲《にじ》み出る怒りが恐ろしいほどだった。

『あは、そりゃあ、相当お怒りだったろうねぇ』

「〝ウチの可愛《かわい》い娘に対してそんな無礼なことをするとは……高座も落ちぶれたものだわねぇ〟って笑ってたよ……」

母の口真似《くちまね》をしてみせると、麻央は電話の向こうで『こっわぁ……』と小さな声で呟《つぶや》いた。

『高座家、今頃相当慌ててるんじゃない？』

「うーん、まあ、そうかもしれないけど。とはいえ向こうも大きいお家だし、小清水家《ウチ》とは縁がなかったって程度のことで終わるんじゃないかな……」

『だといいけど……。ただ、自分に靡《なび》かなかったオメガに変に執着してくるアルファもいるって聞くから、気をつけてよ』

咲良は麻央の心配そうな声に、「大丈夫、ありがとう」と頷《うなず》きつつも、脳裏に高座のセリフが甦《よみがえ》った。

『君こそ、私がずっと捜し続けてきた〝運命の番《つがい》〟だ』

『君は私の番《つがい》になるんだ、咲良』

まるで咲良が自分の『運命の番《つがい》』であると信じているような物言いだった。

(……冗談じゃない。あり得ない！)

あの手に触れられた時の気持ち悪さを思い出し、咲良はゾッと怖気《おぞけ》立つ。

(あの人、自分に触れた時に、今まで感じなかったような何かを感じたはずだ、みたいなことも言ってたけど、確かに今までにないような嫌悪感はあったのよね……)

我ながら、あれほどの嫌悪を抱いてしまう理由が分からないが、それがどんな理由であれ、生理的に受け付けない相手が『運命の番《つがい》』だなんて冗談でしかない。

確かに『運命の番《つがい》』は一目見ただけで惹《ひ》かれ合い、お互いを運命の相手だと分かると言われているが、あくまで言われているだけだ。

というのも、『運命の番《つがい》』という存在の定義が曖昧《あいまい》だからである。一応、『遺伝子的な相性が百パーセントであるアルファとオメガ』というのが一般的な解釈だが、それも公に定められている定義であるとは言い難《がた》い。そもそもその内容が広義すぎる。何における相性なのか、という話である。

医療技術の発達した現代において、なぜこんな曖昧な事態にしたままにしておくかといえば、そもそも『運命の番《つがい》』という存在が非常に稀《まれ》であり、その事例が極めて少ないため研究が進んでいないからである。

数年前に発表された論文でも、『運命の番《つがい》』を『妊娠を可能にするという点で、遺伝子的相性が百パーセントであるアルファとオメガ』と限定したものだった。

（出会った瞬間にお互いを運命だと認識するとか、出会った瞬間にオメガが〝発情期《ヒート》〟を起こすとか、〝運命の番《つがい》〟にはいろんなエピソードがあるけど、実際は真偽は定かじゃないんだよね……）

そもそも『運命の番《つがい》』の定義が曖昧なのだから仕方ないことなのかもしれないが。

とはいえ、自分の周囲には両親と長姉という『運命の番《つがい》』の例が二組も存在していて、彼らが自分たちを唯一無二だと認識し慈しみ合っていることは事実である。

（羽衣ちゃん夫婦、遺伝子調べたら、妊娠を可能にするという点において相性百パーセントだったって言ってたし……）

これは咲良の推測の域を出ないが、相手が『運命の番《つがい》』であるという認識と、妊娠できるという点で遺伝子的相性が百パーセントであるという事実には、なんらかの因果関係があることは正しそうだが、イコールではないのだろう。

いずれにせよ、高座がどんな勘違いをしているのかは知らないが、咲良が感じた嫌悪感は絶対に『運命の番《つがい》』への感情ではない。

（私を〝運命の番《つがい》〟だと思い込んでいるのじゃなければいいけど……）

そもそもあの時、咲良の口から「この話は断る」と言っている時点で、『運命の番《つがい》』ではないと分かりそうなものだ。だが高座はその後も執拗《しつよう》に迫ってきていたのが気になる。

母から正式に断りが入れば納得せざるを得ないだろうが、ともかくあの男とはもう二度と会いたくない。

『小清水の護衛《ガード》たちもいるから大丈夫だとは思うけど、一人にならないようにね』

「うん。しばらくは浅葱が傍にいてくれるみたいだし、本当に大丈夫よ」

心配する麻央に安心してもらおうと思って言ったのだが、麻央は揶揄いのタネを見つけたようで愉快そうに笑った。

『オヤオヤァ、浅葱くんってば、両想いになった途端、束縛が激しいですねぇ！』

「もう！　そんなんじゃないのは分かるでしょ！　私を心配してのことなんだから……」

『うふふ、そういうことにしておきましょ。っていうか、浅葱くん、仕事とかどうしてるの？』

「なんか、どの会社でも社員なわけじゃないから、出社は義務じゃないとかなんとか言ってて……よく分からないんだけど、リモートで会議とかはしてるみたい。今も別室で会議中よ」

『はぁ、なるほど』

咲良も麻央も会社とは無縁の芸術家であるため、説明されてもあまりピンとはこないが、浅葱がいいと言うからいいのだろう。

咲良としては、浅葱がずっと一緒にいてくれるのが安心だし嬉《うれ》しいのでありがたいが、浅葱が仕事で怒られたりしないか少し心配でもある。

そんなことを考えていると、リビングのドアが開いて浅葱が入ってくる。

浅葱の顔を見た瞬間、咲良はドキッと胸が高鳴った。

（うっ、格好いい……）

グレーのカシミアのセーターに、ゆったりとしたシルエットのパンツというシンプルな格好なのに、モデルのように格好良く見えるのは、彼のスタイルと顔面の良さのせいだろうか。

（……あるいは、私が浅葱を好きだって自覚したからなのか……）

浅葱の姿を見るだけで、胸がウキウキするというか、ふわふわするというか、なんとも表現し難い気持ちになってしまう。

「咲良ちゃん、終わったよ……っと、電話中か。ごめん」

咲良がイヤホンをつけてスマホを手にしているのを見て、浅葱はまたリビングから出て行こうとしたので、咲良は慌ててそれを止めた。

「あ、大丈夫！　麻央ちゃんだから」

咲良と浅葱のやり取りが聞こえたのか、スマホの向こうで『むふふ』と含み笑いが聞こえてくる。

『あら～、浅葱くんがお戻りですかぁ。じゃあお邪魔虫は退散ってことで！　またかけるね！』

「え、麻央ちゃん？」

咲良が名前を呼んだ時には、通話はすでに切れていた。

「切れちゃった……。もう、忙《せわ》しないんだから……」

咲良が呆《あき》れてスマホを見つめていると、浅葱がクスクスと笑いながら歩み寄ってくる。

「麻央ちゃんらしいね」

「昔っから落ち着きがないのよ……」

「あはは。確かに麻央ちゃんは、咲良ちゃんとか六花《りっか》ちゃんより、八雲くんとか東雲くんと一緒になって駆け回ってる印象が強いかも」

「そう？　私たちともよく一緒に遊んだでしょ？」

「うーん、そうだけど、でもやっぱり僕の記憶の中の麻央ちゃんは、双子と転げ回ってる感じ」

言いながら、浅葱は腕を広げて背中から優しく咲良を抱き締めてきた。

その柔らかい抱擁を受け止めて、咲良は彼の広い胸にコテンと頭を預ける。

ふわりと浅葱から嗅《か》ぎ慣れた香りがして、思わず微笑んだ。

（私の香水だ……）

何年か前のクリスマスに、浅葱からプレゼントされたものだ。瑞々《みずみず》しいグリーンフローラルがとても心地好《よ》く、それだけでも気に入ったのに、浅葱から「咲良ちゃんのイメージにぴったりだった」と言われてますますお気に入りになったのだ。

ずっとこればかり使っているので、もう自分の香りという感覚だ。

浅葱からこの香りがするのは、自分たちが四六時中くっついているせいだろう。

（浅葱から自分の移り香がするのが、こんなに嬉しいなんて……）

自分でも少しおかしいんじゃないかと呆れてしまうが、恋とはそういうものなのかもしれない。

「会議は終わったの？」

「うん。この後別の会社との打ち合わせがあるけどね。まあとりあえずは。は～、疲れた～」

浅葱はため息をつくように言って、咲良の頭に鼻を擦《こす》り付けてくる。

「あー、咲良ちゃんいい匂い……」

「ちょ……！　頭の匂い嗅いでるの!?　やめてよ！」

まさか匂いを嗅がれているとは思わず、咲良は顔を真っ赤にして抵抗する。

けれど咲良の身体は浅葱の両腕にガッチリとホールドされてしまっていて、身動きが取れない。

「やめない。あーいい匂い……」

「頭の匂いがいい匂いなわけないでしょ！　やめなさいってば、変態！」

「変態上等。咲良ちゃんはどこもかしこもいい匂いだから安心して……」

「なんにも安心できないっ！　やだやだ、もう、離してってば！」

自分のウエストに回された逞《たくま》しい腕をペシペシと叩《たた》くが、効いている様子は全くない。浅葱は「イテ、イテ」と小声で言っているが、痛いと絶対に思っていないのが、そのどこか嬉しそうな口調でバレバレである。

「そんな嫌がんないでよ。番《つがい》の匂いは嗅ぎたくなるものなんだよ……」

「えっ、そうなの……!?」

驚いて振り返ると、浅葱は蕩《とろ》けたハチミツみたいな目でこちらを見ている。

(うっ、なにその顔……)

いつも浅葱はこんな顔をしていただろうか。両想いになってから、なんだか浅葱の表情が甘ったるいように感じて仕方ない。

(浅葱の態度が変わったのか、私が浅葱への恋情を自覚したせいなのか……)

理由は定かではないが、とにかく浅葱の態度が甘いように思えたり、浅葱がやたらに格好良く見えたりするので、いちいち心臓に悪い。

とはいえ、自分がそんなことに動揺していると思われるのが恥ずかしく、つい平気なフリをしてしまうのだが。

「そりゃそうでしょ。番の匂いはいい匂いだって認識するようにできてるんだから」

「そ、そっか……」

そういえば、六花も夫に『妻吸い』と言われて、よく匂いを嗅がれて困ると言っていた気がする。

「咲良ちゃんは、僕の匂い、嗅ぎたくならない……?」

不意に訊《き》かれて、咲良はギクッとなってしまった。

なぜなら、咲良も浅葱の匂いをいい匂いだと思っていたからだ。肌の匂いなのか、服を着ている時にはあまり分からないが、お風呂上がりなどに乳香《フランキンセンス》に似た優しく柔らかい香りがするのだ。その温かみのあるウッディな匂いに包まれると、安心して眠たくなってしまうほどだ。なんならずっとくっついて嗅いでいたいと思っているが、それを言うのはこれまた少々恥ずかしいので黙っていた。

口を尖らせて沈黙を選ぶと、浅葱はニヤニヤと嬉しそうに目を細めた。

「ふふ……そっか……」

得心《とくしん》をえたように呟《つぶや》かれ、咲良は顔が真っ赤になってしまう。

「な、なにがそっかなのよ……」

「いや？　咲良ちゃんも僕の匂い、嗅ぎたいって思ってくれてるんだなって！」

「そ、そんなこと一言も言ってないでしょ！」

「え〜〜〜？　でも咲良ちゃん、図星指されると唇尖らせる癖があるでしょ〜〜」

ニヤニヤしながら指摘され、咲良は思わず両手で自分の唇を覆《おお》った。そんな癖があるなんて、自分でも知らなかった。

ますます顔が赤くなるのを悔しく思いながら、ふと「あれ？」と気づいた。

「……よく考えたら、私たちに当てはまらないじゃない、それ。まだ〝番《つがい》〟になってないんだから……」

言いながら眉間に皺《しわ》が寄ってしまったのは、もちろんそれが不満だからだ。

咲良の声のトーンが落ちたことに、浅葱は困ったように微笑むと、「ヨイショ」と言いながら咲良の身体をひょいと抱え上げた。

「きゃ……！　な、何⁉」

いきなり子ども抱っこをされ、咲良は悲鳴をあげて文句を言ったが、浅葱は全く悪びれた様子もなく「ごめんごめん」と謝った。

「悪いと思ってないでしょ！」

「あはは、バレたか」

涼しい顔で受け流され、咲良はムッと口をへの字にする。

(なによ、浅葱のくせに……！)

昔は浅葱の方が、咲良のあとをついて回り、咲良の一挙一動に反応して泣いたり笑ったりしていたというのに、今ではすっかり逆になってしまっている。

今だって、咲良はジーンズの生地を通してもお尻に感じる硬く逞しい浅葱の腕の感触にドギマギしているというのに、浅葱の方は涼しい顔だ。

(番《つがい》の件だって、なんか誤魔化《ごまか》したみたいになってるし……)

両想いになってからというもの、すっかり浅葱のペースに持っていかれている気がして面白くない。

むすっとして口を閉じた咲良に、浅葱はまた困ったように笑って額にキスを落とす。

（……こんなんで誤魔化されないんだからねッ！）

心の中でそう叫《さけ》びながらも、嬉しくて頬に血が上るのを止められない。上気した顔を見られるのが嫌で、咲良は浅葱の首に腕を巻きつけて、その肩に顔を埋《うず》める。

浅葱はクスクス笑いながら、咲良を抱いたままスタスタと歩き、薪《まき》ストーブの前に置いてあるカウチソファに腰を下ろす。

その所作があまりに軽々としていて、咲良を抱っこしているのが嘘《うそ》のようだ。普通、子どもを抱っこしていても、もう少し動きが緩慢になりそうなものだが、浅葱は大人の女性を一人抱き上げているというのに、まるでクッションでも運んでいるかのような身軽さだ。

（……浅葱って、すごい力持ちよね……）

咲良は身長が百七十三センチあり、日本人女性の中ではかなり背が高い方だ。当然その長身に伴う体重もあるので、そんなに簡単に持ち上げられたりしないはずなのだが。

（確か浅葱は百八十七センチだったたっけ……？　体格差のせいもあるだろうし、アルファってこともあるんだろうけど、やっぱり浅葱が力持ちなんだよね、きっと……）

掴《つか》まっている首や肩もガッシリしていて、筋肉が詰まっていることが分かる。

小さい頃は少女と見紛《みまが》うばかりに可愛かったのに、いつの間にこんなに逞しくなっていたのか。

ずっと一緒にいたはずだったのに、不思議な感じだ。

咲良がそんなことを考えていると、不意にポツリと浅葱が言った。

「……ごめんね」

「……それは、何に対する〝ごめん〟？」

思い当たる節が二、三個あるのだが？　という意味で首を傾げてやると、浅葱は苦笑して肩を竦《すく》めた。

「〝番契約《つがいけいやく》〟をしないこと、に対してだよ」

あっさりと答えられ、咲良は少し肩透かしを食らった気持ちになる。

抱っこしたりキスをしたりするから、てっきり誤魔化して終わりにするつもりなのかと思っていたからだ。

「……ごめんって思ってるってことは、悪いと思ってるってこと？」

だったらやはり早めに『番《つがい》』になっておいた方がいいのでは、と伏せていた顔を上げると、浅葱の真剣な眼差《まなざ》しとぶつかった。

「咲良ちゃんの思いどおりにしてあげられないことは、悪いと思ってる。でも、僕は自分の考えの方が正しいと思っているから。そこは譲れない」

キッパリとそう告げる浅葱の顔には、優しいけれど、揺るぎない意志が見える。

これまで浅葱はいつだって咲良の主張に従ってきた。いつだって咲良の気持ちが優先で、咲良の思うようにやらせてくれていたのに。

（……どうして、これに限って……）

自分と番《つがい》になるという点においてだけ、そんなに頑《かたく》なになるのだろう。

浅葱にはちゃんと理由があるのだと分かっていても、なんだか悲しくなってしまう。

「……なんで、そこまで〝番《つがい》〟になるのを嫌がるの？」

思わずそんな子どもじみた不満が、口を突いて出た。

すると浅葱は少し驚いたように目を見張る。そして咲良の顔を両手で挟むように手のひらで掴《つか》み、目と目を合わせ、低い声で囁《ささや》いた。

「僕が〝番《つがい》〟になるのを嫌がる……？　そんなことまだ言ってるの？」

「そ、だ、だって……」

「昨夜あんなに身体に教え込んだのに、まだ分からないの？」

「……っ！」

妖しい艶《つや》めきを持った声色に、咲良の頭の中に昨夜の記憶が一気に甦《よみがえ》る。

浅葱は執拗《しつよう》なまでの愛撫《あいぶ》で咲良を絶頂に押し上げた。咲良の脚を使って自分自身が果てた後も、浅葱は何度も何度も愛撫で咲良をいかせ続け、最後の方はもう咲良は意識が飛んでいたように思う。

行為の最中、浅葱は繰り返し「ずっとこうしたかった」、「夢にまで見ていた」、「どれほどこの身体に触れたかったか、知らなかったでしょう？」などと言い続けていたから、浅葱の気持ちはもう十分に分かっているし、疑うつもりは全くない。

「そ、そういうわけじゃないけど……！」

艶《なま》めかしい記憶にまた顔が赤くなったが、今は顔を掴まれているので隠しようがない。

「じゃあどういうつもり？」

「……だって、浅葱が〝番契約《つがい》〟をしてくれないと、私たち、引き離されてしまう可能性があるんだよ？　ママは今のところ、私に選択の余地を与えてくれているけど、ママの気が変わればすぐにでも結婚って流れになってもおかしくない。そうなる前に、〝番《つがい》〟にしてほしいって思うのは、間違ったことじゃないでしょう？」

咲良の主張を、浅葱は黙ったまま聞いていたが、やがて静かに口を開く。

「確かに、僕らが〝番契約《つがい》〟をしてしまえば、引き裂かれる心配はなくなる。でも昨日も言ったとおり、それは咲良ちゃんが小清水家から勘当されることとイコールだ」

「それでもいいって言ってるじゃない！」

「いい訳ないだろう」

「ねえ、浅葱。私たちが結ばれるためには、それしかないんだよ……」

また堂々巡りになりそうな言い争いに、咲良はため息をつくかのように言葉を吐《は》き出した。

やはりどう考えても、『番契約《つがい》』をしてしまうことが正しいように思えてならない。

だが浅葱はなおも首を横に振った。

「夜月様は、咲良ちゃんを勘当したりしないよ。――きちんと手順を踏めばね」

キッパリと言い切る浅葱の表情は自信に満ちていて、自分の考えが間違っているとは微塵《みじん》も思っていないのが伝わってくる。

咲良は唖然《あぜん》としてしまった。

「きちんと手順を踏めばって……」

「夜月様は確かに横暴だけど、筋は通す方だ。僕が咲良ちゃんに相応《ふさわ》しいアルファだと納得すれば、認めてくれるはずだよ。一番しちゃいけないのが、夜月様を出し抜くことだ」

確かに、母への報告をしないまま浅葱と『番契約《つがい》』をしてしまうのは、母を出し抜くことに他ならない。出し抜かれたと知った時の母の怒りを想像すると、それだけで背筋に震えが走るほどだ。

娘の咲良が言うのもなんだが、母は海千山千の各界の権力者たちと互角に渡り合い、時にはアルファであっても捩《ね》じ伏せ従わせるという、最強クラスのバケモノである。

母の基準はバケモノクラスの自分や自分の夫であるため、そのお眼鏡に適《かな》うのは至難の業《わざ》だ。

特に家柄というアドバンテージのない浅葱にとっては、かなり不利な状況のはずだ。

「納得すればっていうけど、どうやって納得させるのよ？　相手はあのママよ？」

不安を払拭《ふっしょく》できずに言うと、浅葱は少し拗《す》ねたような顔になった。

なんだその顔。可愛いんだが。

大人の男の顔で、そんな可愛い表情はやめてほしい。胸がキュンキュンするじゃないか。

「咲良ちゃんは、僕のことあんまり信じてないよね……」

「え……」

そう言われて初めて、咲良はハッとなった。

確かに自分は、浅葱では母を納得させられないと思っていることに気がついたからだ。

「ご、ごめ……そんなつもりじゃ……」

番《つがい》になりたいと言いながら、その番《つがい》のことを信じていないなんてひどい話である。逆の立場だったら、咲良は絶対そんな相手とは番《つがい》になりたいと思わないだろう。

青褪《あおざ》めて口元を押さえると、浅葱はやれやれと言うようにため息をついた。

「咲良ちゃんが不安がっているのは分かってるよ。なにせ相手はあの小清水家のご当主様なんだから。そんじょそこらの若造が太刀打ちできる相手じゃないよね。……でもさ」

そこでいったん言葉を切って、浅葱は咲良の左手を取ってその甲にキスを落とす。

「僕は、そんじょそこらの若造じゃないんだよね。君と出会ってからずっと君のことを求め続けて、君を得るためだけに十五年間を費やしてきた、とんでもない執着を抱えたストーカーってこと」

「ス、ストーカーって……！」

思わず小さく噴き出した。確かに出会ってからずっと一緒にいるが、ストーカーは言い過ぎだろう。

笑う咲良に、浅葱は優しく目を細める。

「ストーカーだよ。咲良ちゃんに構ってほしくて、咲良ちゃんの視界に常に入るにはどうすればいいかとか、子どもの頃からずっと考えていたんだから」

「そんなこと考えてたの？」

呆《あき》れて言ったのに、浅葱はなぜか胸を張った。

「そうだよ。どうやったら咲良ちゃんの番《つがい》になれるかってことだけを考え続けて、僕の脳はそれに特化して進化したと言っていい」

なんか嫌だそんな進化。そして胸を張るところじゃない。

「――で、子どもの僕は早々に気づいた。咲良ちゃんの番《つがい》になるために、倒さなくちゃいけないラスボスがいるってことに」

「ラスボス……」

なんだかゲームのような話になってきた。

もちろんラスボスというのは母のことだろう。魔王のような衣装を身につけた母を想像して、妙に納得した。似合いすぎる。そうなると父は魔王の側近だろうか。それもまた似合いすぎる。

「だから言い換えれば、僕は夜月様攻略のために十五年間策を練ってきたんだよ。そんじょそこらの若造みたいに簡単にやられたりしない」

「なるほど」

ふ、と笑みが漏《も》れた。そもそも浅葱は『そんじょそこらの若造』ではない。アルファであることもそうだが、会社を複数抱え不動産なども数多く所有する資産家の御曹司だし、浅葱自身も学生時代にいくつものイグジットを成功させて個人資産を増やしているという稀有《けう》な成功者だ。

相手があの母でさえなければ、きっと浅葱が誰かに負けるなんて思いもしないだろう。

「僕を信じて、咲良ちゃん。僕は絶対に君を手放さない。君は僕の番《つがい》だ。他のアルファにも、夜月様にだって、絶対に渡さない。僕は、誰にも負けない。君を勝ち取ってみせる」

まっすぐに見つめながら言われ、咲良はぎゅっと唇を噛《か》み締める。

浅葱の美しいハシバミ色の瞳の中に、自分の泣きそうな顔が映っているのが見えた。

（……そんなふうに言われたら、頷《うなず》くしかないじゃない……）

だって、咲良も同じだったから。

咲良だって、浅葱を誰にも渡したくない。渡さない。

他のオメガだろうが、母だろうが、誰にも浅葱は奪わせない。それくらいなら、浅葱と一緒に死んだ方がまだマシだ。

もちろん、自殺願望なんて持っていない。今まで考えたことすらない。

それでも、たとえば浅葱を失ったとして、なおまだその先を生きていかねばならないのならば、その先の人生など要らないと思ってしまう。

（……こんなにも重い執着に、どうして私は今まで気づかずにいられたのかしら……？）

幼い頃に出会ってから、ずっと一緒にいてくれたからかもしれない。浅葱のいる世界でしか生きてこなかったから、満たされていることが当たり前になってしまっていて、満たされていることにすら気づけていなかったのだ。

浅葱が欠ければ、それだけで咲良の世界は色褪《いろあ》せ、萎《しぼ》み、生きる甲斐《かい》のない残骸へと変わってしまうというのに。

(私たちは、同じ想いを共有している)

互いになくてはならないという強烈な思慕と執着を抱えていることを、どうしようもなく愚かだと自嘲《じちょう》する一方で、どうしようもなく嬉しいと思う。

「……信じる。だから、浅葱も分かっておいて。私は浅葱以外を番《つがい》にしない。他のアルファと番《つが》うくらいなら――」

死を選ぶ――そう言おうとした咲良の口を、浅葱の大きな手が塞《ふさ》いだ。

最後まで言わせてくれないことに不満を覚え、じろりと浅葱を睨《にら》んだが、彼はまた困ったように眉を下げて笑っていた。

「それは言わないで。僕も同じ気持ちだけど、それは言わない。言っちゃダメだ。僕が咲良ちゃんを愛するのは、咲良ちゃんを幸せにするためなんだから。僕は君を幸せにしたい。そのために生きてるんだよ」

「――っ」

そんなことを言わないでほしい。

嬉しくて泣いてしまうではないか。

咲良はじわりと潤み始めた目を瞬《まばた》きで誤魔化《ごまか》しながら、自分の口を塞ぐ浅葱の手をきゅっと掴む。

「……私だって、同じよ。浅葱を幸せにしたい。二人で、幸せに生きていきたいの……」

「……うん。そうだね、咲良ちゃん。咲良ちゃんがいれば、僕、ずっと天国にいるみたいに幸せだから。ずっと幸せにしてよ。僕も君を幸せにするから」

言いながら、広い胸の中にすっぽりと包み込むように抱き締められる。

逞《たくま》しい肩に頭を持たせかけながら、咲良も浅葱の首に腕を回してぎゅっと抱きついた。

「幸せにする。幸せになろう、浅葱。私たち。……だから、ママを絶対に納得させてね。――私、信じているから」

信じよう、浅葱を。

浅葱ならできるはずだ。咲良の番《つがい》だと、母を納得させてくれる。

(私たちは絶対に、この先の未来もずっと一緒にいられる)

咲良の答えに、浅葱は顔をくしゃりとさせて笑った。

その笑顔が子どもの頃のままで、咲良は無性に胸がいっぱいになる。

「――うん。任せて。信じてくれてありがとう、咲良ちゃん」

昔と同じ笑顔に、咲良もまた顔をくしゃくしゃにして笑う。

そしてどちらからともなく顔を寄せ合い、唇を重ね合った。

（……どうか、浅葱とずっと一緒にいられますように……）

誰に向かって祈っているのか、自分でも分からない。

咲良はどの宗教も信じていないし、なんなら無神論者に近い考えを持っている。

それでも、もしいるのなら、と祈らずにはいられなかった。

＊＊＊

タブレットを操作しメーラーを開いた浅葱は、新着メールの件名を確認してそれを指でタップした。

待っていたメールが届いたようだ。

パッと画面に映し出された内容を読み、フッと皮肉げな笑みが漏れた。

「ビンゴ」

——やはりあの時の勘は当たっていたようだ。

それは浅葱が雇ったアメリカの興信所からの報告書だった。

あの高座和成《たかくらかずなり》というアルファが、咲良に対して異様な執着心を見せていたことが気になって、改めて調べさせていたのだ。

前回は国内での調査にとどまっていたため、高座の身辺は大変きれいなもので、品行方正を絵に描いたような内容だった。

だが逃げる咲良を追いかけ、抱きつくような行為までするような人間が『品行方正』であるわけがない。

異性に、それもとりわけオメガに対して行えば、それは不同意わいせつ罪、あるいは暴行罪で訴えられるレベルの話である。

そんな行動を躊躇《ちゅうちょ》なくしてしまえるというのは、相手が自分に好意を抱いていてその好意が拒絶されるわけがないと思い込んでいる認知の歪《ゆが》みがあるか、あるいは相手を見下しているかのどちらかだ。

非常に業腹なことに、オメガを蔑視するアルファが未だ多く存在するのは事実であり、この世界の大きな問題の一つだ。

(いずれであっても、そんな人間がこれまでに全く問題を起こさずに生きてこられるとは思い難《がた》い)

認知の歪みがあるにしろ、オメガを見下しているにしろ、周囲の人間――肉親、とりわけ親が同じ考えを持っている可能性が大いにある。そうであった場合、息子がオメガに対して犯罪を犯したとしても、息子を矯正するのではなく、罪を隠蔽《いんぺい》しようとするだろうことも想像がつく。

（高座が犯罪を犯してきたとして、それが国内であれば、やつにはそれを隠蔽する金と権力はある。だがそれが国外となれば――）

高座財閥が持つ権力は国内に限定されるものであり、その力は海外にまでは及んでいない。となれば、国外であれば高座の犯罪の痕跡が残っているのではないかと踏んだのだが、やはりその推測は正しかった。

「――ひどいな……」

届いた調査報告書に書かれていた内容に、思わず顔を顰《しか》める。

そこにあったのは、実に残酷で痛ましい事件だった。

高座の留学先の大学にはアルファの学生が数名おり、彼はそれらと共謀して同級生のオメガを誘い出し、複数で陵辱《りょうじょく》したらしい。そのオメガは大けがをして救急搬送されるまでに至ったが、犯人たちからの仕返しを恐れて事件にはせず、沈黙したまま大学を自主退学した。

だが高座たちアルファの集団が、同級生の中で唯一のオメガであった被害者生徒に目をつけ、日常的に嫌がらせを繰り返していたことは大学内でも有名な話で、オメガを陵辱したのは高座たちで間違いないだろうと学生たちの間で囁かれていたそうだ。

（……高座と共謀した者がアルファということは、それなりに経済力のある家の出身である可能性が高い。おそらくその被害者は、金と権力に任せて口を封じられたのだろう……）

被害者のオメガのその後が気にかかるが、そこについての記述はない。依頼したのは高座の過去の素行調査であり、被害者の調査ではないから、調査員は深掘りしなかったのだろう。

（だが、気にかかるな……）

オメガを弄《もてあそ》ぶアルファを、浅葱は嫌悪している。アルファだから、オメガだからという性差による差別はあってはならないものだ。もし咲良がそんな目に遭わされていたら、自分には冷静でいられる自信はない。激怒し、犯人たちを殺すまでその怒りは収まらないだろう。

自分の命よりも大切な者がいて、その人がオメガである浅葱にとって、オメガが理不尽に痛めつけられ、不当な仕打ちを受けたという事実は、まったくもって他人事《ひとごと》ではないのだ。

（一応、調べてみるか）

被害者のオメガが苦境に陥《おちい》っていたとして、自分にも少なからず何かできることがあるかもしれない。

ただの偽善と言われればそれまでだが、何か感じるものがあり、浅葱は調査員へ『被害者の行方についても調べてほしい』とメールの返信をする。

画面に送信完了のマークが出るのを見ながら、浅葱は深いため息をついた。

「……やっぱり、あの時の異様な嫌悪感は正しかったな……」

高座に初めて対峙《たいじ》した時、得体のしれない気味の悪さを感じて驚いたのだ。

身体の奥から這《は》い上がってくるような、これまで経験したことのない感覚だった。

（あれはおそらく、アルファの本能に根差したものだ）

自分の番《つがい》に害を為《な》そうとする者を警戒し、排除しようとする敵愾心《てきがいしん》だ。

過去にオメガを虐待していた事実があるアルファを、もう二度と咲良に近づけてはいけない。

「高座には引き続き警戒を怠《おこた》らないとして、夜月様にもこの情報を伝えておくか……」

高座家へは、すでに断りの連絡をしているはずだが、何かあった時のために情報共有はしておくべきだろう。

正直、あのお方と接触するのは最小限にとどめたいところではあるが、咲良の身の安全を考えれば万全を期しておくべきだ。

フーッと細いため息をつくと、浅葱は届いた報告書を添付したメールを夜月宛に送信する。

そのままなんとなく夜月のメールアドレスを眺めながら、トントンと指でデスクを叩《たた》く。

（……なんだろう、妙な感じが拭《ぬぐ》えないな……）

咲良の見合いの話を聞いてからずっと、ざらりとした何かに首の後ろを撫《な》でられているような感覚があった。それがなんなのかは分からないが、今なお、確かに存在している。

これについて熟考する暇がなかったが、改めてこの正体を見極める必要がある気がした。

（そうだ……これは違和感だ。……あの夜月様が、なぜ高座和成を選んだ？）

候補者たちは全て、小清水家の厳しいチェックを受けたうえで選び出されたアルファたちばかりのはずだ。高座のこの過去の犯罪については、国外の情報であるうえ、共犯者であるアメリカ人のアルファたちの権力を使って揉《も》み消されたことを鑑《かんが》みれば、確かに発覚しづらいものだっただろう。

だがそれでも高座の人格を徹底的に調査しようとしていれば露見する程度のものだ。

（……現に、僕はこの情報に辿《たど》り着けた。あの夜月様に辿り着けないわけがない……）

自分よりも遥《はる》かに大きな権力と多くのコネクションを持つ人なのだから。

「おそらく今送った情報など、とっくに手に入れていたはずだ。だけど、なぜわざわざそんなことを……？」

夜月が高座の犯罪歴について知っていたとして、だったらなぜそんな危険人物を咲良に会わせたのか。

「あの人にとって最も大切なのは、〝女神胎《めがみばら》〟である子どもたちのはずだ。わざわざ危険を冒す理由がない」

ではやはり、夜月には手に入れられていない情報だったのだろうか。だがどう考えても、あの恐ろしい小清水家の当主がそんな迂闊《うかつ》なことをするとは思えない。

堂々巡りだ。

(――違和感の正体はこれか)

夜月の意図が見えないのだ。

今、浅葱に見えている事象と、夜月という人物とがうまく結びつかない。

「あの人のことだから、何か目論《もくろ》みがあるのだろうが……」

その自分の呟《つぶや》きに、そういえばとふと思い出す。

つい最近も同じことを考えたような気がする。

(……あれは確か、咲良ちゃんの〝見合い〟の件をあの夫婦に切り出された時だ)

夜月の選んだアルファと咲良を番《つが》わせたいのならば、最も邪魔になるのは浅葱だ。それなのにあの夫婦は、浅葱を彼女の『番犬』のままでいることを許した。

その矛盾に違和感を覚え、夜月が何か企《たくら》んでいるのだと思ったのだ。

(目論み……夜月様の意図……)

点と点を繋《つな》げる方法を頭の中で模索しているうちに、一つの可能性に行き着いて、浅葱はハッと背筋を伸ばした。だがすぐにイヤイヤと頭を振った。

(――まさか。そんなわけがない。……いや、だが、可能性がゼロというわけではない……)

ならば賭けてみる価値はあるのではないか。

咲良の番《つがい》となるために、順当な道は全て網羅した。夜月の挙げた候補者たちを全て撃破すればいいだけだ。夜月の選んだアルファたちはそれは見事な出自と経歴の持ち主ばかりだったが、弱点のない者などいないものだ。そして、なければ作ってやればいい。資産の運営状況、個人的人間関係、大事にしている物や人物を洗い出し、譲れない何かを見つけ出す。その者にとって、それが小清水との縁談よりも大切であれば、浅葱の勝ちである。

(高座を始め、全ての候補者の弱点はすでに見つけ出してある。あとはその弱点をついてやれば、向こうは咲良ちゃんから手を引かざるを得ない)

準備はすでに整えてある。

——だがそれでも決め手に欠ける。

なぜなら、これは対症療法でしかないからだ。根治療法——すなわち夜月を納得させなければ、いくら候補者を倒したとて、後から新しい候補者を追加されるだけだ。

今、浅葱が欲しているのは、可能性をゼロから五十にする道ではない。百にする道——必ず咲良の番《つがい》に選んでもらうための道なのだから。

(なら、試してみる価値はある)

浅葱はそう決意すると、手早くメールを打って送信する。勢いで物事を成している自覚はあったが、後悔はしていない。

（……ダメで元々だ）

結果がどう出るかは、玉手箱を開けてみてのお楽しみ、というやつだ。

自分の思考に没頭していた浅葱は、控えめなノックの音でハッと我に返る。

今この家にいるのは自分ともう一人、咲良だけだ。当然ノックの主は咲良ということになる。

「浅葱？　お仕事終わった……？」

ドアの向こうから咲良の可愛い声が聞こえてきて、浅葱はサッと立ち上がってドアを開いた。

「わっ、びっくりした……」

急にドアが開いて驚いたのか、目を丸くした咲良の顔が見えて、浅葱の顔が自然と緩む。

「終わった！　ごめんね、一人にして」

両腕を広げて華奢な身体を抱き締めると、咲良はホッとしたように微笑《ほほえ》んだ。

（……あれ？）

いつもだったらすぐに抱きつこうとする浅葱を嗜《たしな》めてくるところだ。何も言わないどころか、自ら身体を擦《す》り寄せるように浅葱に身を任せている。

（何か不安にさせるようなことがあったのか……？）

心配になった浅葱は、ぎゅっと咲良を抱き締めて囁いた。

「どうしたの、咲良ちゃん。何か不安？」

「……なんでそんなこと訊《き》くの？」

少し恥ずかしそうにこちらを見てくるので、浅葱は苦笑してしまう。

（相変わらず、咲良ちゃんは僕のストーカーぶりを舐《な》めてるよね……）

咲良の変化なら、髪の毛を五ミリ切っただけでも気がつく自信がある。こんなに分かりやすく態度に出ているのに、気がつかないほど愚鈍だと思われているのだろうか。

「だってくっついても怒らないし」

すると咲良はパッと顔を赤くして、唇を尖《とが》らせる。

「…………こ、恋人、なんだから、別に怒らないわよ……」

「……うっ……！」

心臓を射貫かれた。不意打ちの咲良の攻撃に、浅葱は身悶《みもだ》えそうになったが、なんとか笑顔で正気を保つ。喜びで悶絶《もんぜつ》していたら、せっかくのラブラブモードが霧散してしまう。

「咲良ちゃん、可愛いなぁ……」

「な、なによ……。バカにしてるの？」

「そんなわけないでしょ。感動してるんだよ。こうなることを夢見て十五年間生きてきたんだから」

ぎゅっと咲良を抱き締め、その頭に頬擦《ほおず》りをしながら答えると、咲良がチラリとこちらを見てきた。

「じゃ、もっとしていいわよ」

「え？」

一瞬何を言われたのか分からず、キョトンとしてしまう。

すると咲良はにっこりと笑って、浅葱の首にするりと自分の腕を巻きつけた。ぐいっと顔を引き寄せられ、咲良の恐ろしいほど整った美貌が間近になる。

「さ、咲良ちゃん……？」

「浅葱の瞳ってきれいよね」

吸い込まれそうにきれいな目で見つめられ、浅葱は思わずゴクリと唾を呑《の》んだ。黒曜石《こくようせき》にも似た瞳は、黒いのに透明感があって、まるでビー玉のようだ。この瞳を舐めてみたいと思う自分は、変態染みているだろうか。

「……咲良ちゃんの方が、きれいだよ」

「そう？　でも浅葱の目の色、私、大好きよ。自然光の中だと薄い茶色で、室内だと淡いグリーンになるの。色が変わる宝石みたいで、とってもきれい……」

うっとりとそんなことを言われれば、悪い気がするわけがない。

「……祖母が北欧系の人で、その人の遺伝らしい。会ったことはないんだけど……」

母方の祖父母は、母が若い頃に亡くなっている。母は天涯孤独ゆえの不安もあって、平原《ひらはら》の父の言いなりになってしまっていたのだろう。

「知ってる。お祖母《ばあ》さん、浅葱のママに写真を見せてもらったことがあるわ」

「ああ、レッスン室に飾ってあったやつ？」

咲良は母の経営するヴァイオリン教室に、一度だけ来たことがあるのだ。

「そうそう。とっても美人だった。浅葱、お祖母さんにそっくりよ。隔世遺伝ってやつね」

「え、初めて言われたかも……」

「初めて？　そうなの？　あんなに似てるのに……」

「……あー、言う人が傍《そば》にいなかっただけかも。祖母のことを知ってるのは母ぐらいだし、尾上《おのえ》の家にはもう十年以上帰ってないからな……」

浅葱が言うと、咲良は少し柳眉を下げた。

「お母さんに会ってないの？」

「そうだね。会ってない。向こうも望んでないしね」

平原の籍に移して以来、母が連絡してきたことはない。母にとって、自分は平原から金を引き出すための道具だったのだろう。アルファを産み、それを平原に献上したことで、毎月父から金を受け取っているようだから、それで満足しているのだ。

また浅葱の方も、咲良の番《つがい》になることを決めた時に、母のことは切り捨てた。平原の家に入ってしまえば母に会わせてもらえなくなることは分かっていたし、父の言いなりで息子を守ろうという気のない母には見切りをつけていた。平原の家を掌握した後は、浅葱が母を訪ねたところで誰も文句を言わないだろうが、会う必要性を感じなかった。

サラリと答える浅葱に、咲良は静かに微笑んだ。

「……そっか。でも、私はもう一度会いたいな。浅葱のお母さんに」

「え……なんで？」

「そりゃ、結婚するんだから、ご挨拶《あいさつ》はしたいじゃない？　番《つがい》のお母様なんだから」

思いがけない答えに、浅葱は一瞬目を丸くした。

「あ……そ、っか……」

「なによ。番《つがい》になるんだから、結婚するの。当たり前じゃない。まさか〝番契約《つがい》〟だけして、結婚しないつもりだったとか……？」

じろりと上目遣いに睨まれて、浅葱はギョッとなってしまう。睨んだ顔もこの上なく可愛いが。

「まさか！　結婚します！　むしろしてください！」

「よろしい」

浅葱の脊髄反射的解答に咲良は満足げに頷いたが、すぐに不可解そうに首を捻《ひね》った。

「でも、じゃあなんでびっくりした反応になるの？」

「いやその……僕、家族がいるって意識があんまりないんだよね。平原の人間を家族だと思ったことは一度もないし、母ともこんなだし……。挨拶とか、全く視野になかった」

正直に話すと、咲良は首に回した腕に力を込めて、ぎゅっと浅葱を抱き締めてきた。

「私はずっと浅葱のことを家族だと思ってきたよ」

「……知ってる。〝弟みたいなもの〟だって、何度も言われたからね」

少し恨みがましい口調になったのは、過去を思い出したからだ。

同じ学校に通うようになって、咲良の傍を離れない浅葱は、クラスメイトから『二人は付き合っているのか』と何度も訊《き》かれた。そのたびに、咲良は笑って『浅葱は家族よ。弟みたいなもの』と答えていたのだ。

家族と言われるのはもちろん嬉しかったが、浅葱は弟以上になりたかったから、複雑な想いもあった。

浅葱のそんな言外の気持ちを汲み取ったのか、咲良はクスッと笑って顔を上げる。

「弟なんかじゃない。昔の私は恋を理解《わか》っていなかっただけ。今はもうちゃんと理解してる。

君は私の番《つがい》。私の唯一無二よ」

キッパリと言い切る咲良の凛《りん》とした表情に、浅葱の胸の中にじわりと幸福が湧いてきた。

最愛の番《つがい》に、『唯一無二』だと言ってもらえる喜びに、大声で叫《さけ》び出したい衝動が込み上げる。この人が自分の番《つがい》だと、皆に吹聴して回りたい。バカみたいだが、咲良の言動一つで、そんな浮かれた気持ちになってしまうのだ。

「……うん。愛してる、咲良ちゃん」

愛の言葉に、咲良は「そうでしょうとも」とでも言うように微笑むと、そっと触れるだけのキスを唇にくれた。

柔らかい感触がふわりと触れて、去っていく。その甘い触れ合いが、胸の奥が軋《きし》むほど嬉しかった。

「……優しいキスだね」

至近距離のビー玉のように煌《きら》めく瞳を見つめる。きれいで、可愛くて、その目も鼻も、唇も、細い首も、しなやかな手脚も、彼女の全てを舐めしゃぶって、噛み砕いて、ゴクリと呑み込んでしまいたい。咲良の身体も心も全て呑み込んで、一つになってしまいたい。

もちろんそんな猟奇的な真似《まね》をするわけがないが、咲良を見ていると飢《う》えた肉食獣のような欲望を感じることがあるから不思議だ。

浅葱の秘めた欲求を知ってか知らずか、咲良がフッと目を細めて挑戦的に笑う。

「だって私、これ以外に、キスの仕方を知らないもの。……教えてくれる？」

「……それは、重畳《ちょうじょう》」

彼女がキスの仕方を知っていたら、浅葱は教えた相手を探し出して殺さなくてはならなくなる。

とはいえ、浅葱とてキスの仕方などよく知らない。なにしろ、咲良以外眼中にない人生を歩んできたのだから。キスをしたのも、それ以上も、咲良だけである。先日の行為とて、ある程度の予備知識をもとに、本能と欲望の赴《おもむ》くままに動いただけである。

「でも僕もあまり経験がないからな。一緒にやり方を探るというのはどうかな？」

浅葱の解答に、咲良が花が咲くような微笑みを浮かべた。

「それは素敵ね」

言いながら、咲良が体重をかけてキスをしてくる。

柔らかく甘い唇を堪能しながら、移動して彼女の身体をベッドの上に押し倒す。荒くなっていくお互いの吐息を感じながら、浅葱はグッと腹に力を込めた。

（——最後まで、理性を保ち続けろ）

絡み合う恋人同士が行き着く先は明白だ。咲良は触れ合いを望んでいるし、自分もまた彼女に触れたくて堪《たま》らないのだから自然な流れだ。

——だが、まだ彼女の純潔は奪ってはならない。

（——ああ、ちくしょう。本当に拷問みたいに残酷すぎるだろう……！）

ただでさえアルファの本能が、目の前の愛しいオメガを番《つがい》にしてしまえと叫んでいるのに、据え膳を目の前に寸止めをしなくてはならないなんて。

「浅葱……」

愛しい番《つがい》が、甘い声で自分の名を呼ぶ。

極上の喜びと、地獄のような苦しみを同時に味わいながら、浅葱の夜は更けていくのだった。

第五章　女神のフェロモン

「ごめん、咲良《さくら》ちゃん。僕、一緒に行けなくなった……」

スマホを片手に苦悶《くもん》に満ちた顔で言う浅葱《あさぎ》に、咲良は目を丸くした。

ちょうど朝ご飯のパンをいくつ食べるか訊《き》こうと思っていたところだったので、ついでとばかりに訊《たず》ねる。

「浅葱、バゲット何枚食べる？　それと、バターとチーズどっちにする？」

「三枚。バター一枚とチーズ二枚で。チーズにはオレガノ振ってほしい」

「あ、ハチミツ乗っける気ね？　美味《おい》しいよねぇ、オレガノチーズハニートースト！　あと、ベーコンエッグにするつもりだけど、スクランブルでもいいよ」

咲良は言いながら、チラリと浅葱の姿を確認する。

彼はまだパジャマ姿のままだったが、スタイルと顔の良さのおかげか、こんな寝惚《ねぼ》けた格好でもやたらに見栄えが良く見える。

（……っていうか、可愛《かわい》い。あ、寝癖ついてる……）

色素の薄い猫っ毛の一部がピョコンと跳ね出しているのを見つけて、咲良はひっそりと笑う。本当になんて可愛いのだろう、自分の恋人は。

「ベーコンエッグがいい。コーヒーは僕が淹《い》れるよ」

「あら、ありがとう～」

「こっちこそ、いつも朝ご飯ありがとう……じゃなくて！」

コーヒー用の注ぎ口の細いケトルを手にしたところで、浅葱が我に返ったようにツッコミを入れた。

ベーコンエッグを焼いている咲良にグリンと身体ごと向き直ると、両手を顔の前で合わせて謝ってくる。

「ごめん、僕、今日中に東京《とうきょう》に戻らなくちゃいけなくなってしまって……！」

「うん、聞いてたわ。お仕事でしょう？」

「そ、そう……。新規の商談相手が、どうしても僕と話をしたいって言ってるみたいで……」

「そっか。じゃあ今日の打ち合わせは、私一人で行ってくるわ」

今日は個展の準備と打ち合わせに、市の博物館へ伺うことになっていたのだが、それに浅葱も同伴する予定だった。

高座《たかくら》との一件以来、浅葱は非常に過敏になっていて、咲良の身の安全を確保するためだと言って片時も傍《そば》を離れようとしなかった。

咲良もまた高座に追いかけられ抱きつかれた恐怖が拭《ぬぐ》えず、浅葱が傍にいてくれることがなにより安心できたので、浅葱の厚意に甘えてしまっていた。

(――けど、よく考えたら、浅葱に相当無理をさせてしまっているわよね?)

浅葱は別に小清水《こしみず》家の従業員ではなく、それどころか他家の人間である。しかも平原《ひらはら》家の持つ複数の会社の役員で、確か顧問も兼任しているはずだ。おまけに、平原家の資産管理や運営も任されていると言っていたような気がする。

普通に考えて、並の人間のこなせる仕事量を超えている。

とんでもなく多忙なはずなのに、咲良の個人的な事情に巻き込んで仕事をセーブさせてしまっているのだ。

(ダメでしょ、そんなの……。足を引っ張ってしまっているじゃない……)

しかも、浅葱がこの若さで尋常ではない量の仕事を抱え込むことになったのは、間違いなく自分のためだ。

(ママに認めてもらうために……だよね)

母が娘の番《つがい》に求める資質――知力・体力・財力・権力・人脈を備えるために、必死で努力してきてくれたのだ。

自分の恋情に気づくまで、咲良は浅葱の努力をなんでもないことのように思っていた気がする。もちろん、努力する浅葱を尊敬していたし、仕事で疲れた彼が金沢《かなざわ》まで自分を訪ねてやって来た時には、いっぱい癒《い》やしてあげたいとは思っていた。だが、所詮他人事《ひとごと》だったのは否《いな》めない。浅葱は浅葱のために努力しているのだという割り切りがあったからだ。

それが全て自分のためだと知ってからは、その努力に見合った自分でいなければと思うようになった。

番《つがい》となる人とは、守り合い、支え合う対等の関係でありたい。

オメガだからと守られているだけの存在には、絶対になりたくないのだ。

「でも、咲良ちゃん……、やっぱり一人で行かせるのは心配なんだよ。打ち合わせはリモートでできないかな？　それか、日をずらすとか……」

浅葱がなおも心配そうに言うので、咲良はその口に指を当てて黙らせた。

「ストップ。個展の打ち合わせなんだから、会場の様子を自分の目で確認しなくちゃいけないの。リモートじゃ無理よ。それに、職員の人たちの時間を割いてもらっているんだから、そんな手前勝手な理由で予定をずらせないわよ」

「でも……」

「浅葱。私は大丈夫。高座さんだって、小清水家から正式に断られたら、手出しできないはずよ」

「それはそうかもしれないけど、あの男、咲良ちゃんを〝運命の番《つがい》〟だとかほざいていたんだろう？　僕の目から見ても妙な執着心を持っているみたいだったし……」

確かに、浅葱の言う懸念がないわけではない。

「そんなこと言ってたら、高座さんが捕まるか死ぬかするまで、私は一人で動けないってことになっちゃうでしょ。永遠に浅葱に付いてもらっているわけにはいかないもの」

「僕はそれでもいいけど……」

当たり前のようにそんなことを言う浅葱に、咲良は「メッ」と眼差《まなざ》しで叱《しか》りつける。

「あのね、浅葱。仕事を疎《おろそ》かにしないで。ママを納得させるために、今まで頑張ってきてくれたんでしょう？　一生懸命積み重ねてきたものを、台無しにしてほしくない。護衛《ガード》たちだって連れていくから心配しないで。あなたは自分の仕事をして」

キッパリと言えば、浅葱はしょんぼりと口を噤《つぐ》んだ。

「……分かったよ。でも、何かあったら必ず連絡してね！　すっ飛んでいくから！」

両手をぎゅっと掴《つか》んで言い募られ、咲良は苦笑いしながら手をヒラヒラさせた。

「はいはい。分かったから、早くコーヒー淹れて。もうベーコンエッグができちゃうし、バゲットも焼けるんだから！」

「はい！」

咲良からの命令に敬礼で応え、浅葱はいそいそとコーヒー豆を挽《ひ》き始める。

一応カプセル式のコーヒーマシンもあるのだが、浅葱は自分で挽いて淹れるのが好きらしい。

ミルで粉砕されたコーヒー豆が早くもいい香りを漂わせ始め、咲良は目を細めた。

「いい匂い……！　浅葱の淹れたコーヒー、美味しいから大好き」

「毎日淹れます。任せてください」

キリッとした表情で頷《うなず》く浅葱に噴き出してしまいながら、咲良は夢想する。

（毎朝、目覚めて隣に浅葱がいて、一緒にキッチンで朝ご飯を作って、他愛ないことで笑い合う……こんな日々が続けばいい……）

そんなことを思ってしまうのは、心の底に未だ不安が居座っているからだ。

母を納得させる――そう誓ってくれた浅葱を信じている。

けれど娘として、母の強大さを誰よりも分かっているだけに、いつか引き離されてしまうのではないかという不安がどうしても拭《ぬぐ》えないのだ。

（浅葱に頼り切っているから、こんな弱音を吐《は》いてしまうんだわ。二人のことなんだもの、私だってママを説得できるはず。ママは私を守らなくてはと思っているから、番《つがい》に多くのものを求めてしまう。でも私はもう守られるだけの子どもじゃない。それを分かってもらえれば……）

自分の身は自分で守れる。そう実証してみせればいいのだ。

そのためにはどうすればいいか……頭の中で模索しながら、咲良はベーコンエッグを皿に盛り付けたのだった。

＊＊＊

浅葱は午前中のうちに東京へ帰っていった。

家の前にタクシーを待たせているというのに、浅葱は玄関でなおも「すぐに帰ってくるからね！　何かあったら即連絡して！」と言い続け、抱き締めたり「離れたくない」と泣き真似《まね》をしてみたりとなかなか出発しようとしなかった。焦《じ》れた咲良が「早く行かないと、帰ってきても家に入れないわよ」と脅《おど》して、ようやく渋々出発していた。本当に心配性が過ぎて困った男である。

とはいえ、追い出した咲良の方も、浅葱が傍にいないことをもう寂しく感じてしまっているからどうしようもない。

（スーツ姿の浅葱、格好良かったな……）

かれこれ二週間、咲良の家に二人きりで籠《こ》もり、お互いにルームウェア姿しか見ていなかったため、きちんとした格好の浅葱を見るのは久しぶりで、これがまた格好良くて惚《ほ》れ直してしまったのは内緒だ。

我ながら頭の中が色惚《いろぼ》けしているなと思いながら、車の中でため息をつく。

「咲良様、もう少しで美術館へ到着いたします」

声をかけてきたのは、護衛《ガード》の一人だ。

「ありがとう、河合《かわい》さん」

「到着しましたら、私と細谷《ほそや》がお供します。館内でも、お一人では決して動かれませんよう」

「分かっています。お願いしますね」

美術館での個展の打ち合わせには、護衛の車でやって来ていた。

普段はこんな大袈裟《おおげさ》な警護は求めないのだが、高座との一件があってから、大袈裟なくらいでちょうどいいのだと思い始めている。

母と父の傍を離れ地方で一人暮らしをしている以上、両親の庇護《ひご》が届きにくくなることは自明の理だ。

これまでは高座のような無礼な真似をする者がたまたま現れなかっただけで、『女神胎《めがみばら》』である以上、アルファに狙われ襲われる危険性はいつだってあったのだ。

(気を引き締め直さなくちゃ……)

母を説得するためにも、自分の身は自分で守れるようにならなくては。

決意を固めながら車窓を眺《なが》めていると、やがて車は美術館の地下駐車場に到着した。

護衛二人に伴われてエレベーターに乗り、エントランスホールに入っていくと、奥から館長が出てきてにこやかに迎えられる。

「ああ、小清水さん。お待ちしておりました!」

「柴田《しばた》館長、お久しぶりです。今年もお世話になります」

咲良がこの美術館で個展を開くのは、今年が初めてではなくこれで二回目だ。地元で活躍する芸術家として推してくれているらしく、個展の宣伝にも力を入れてくれて、そのおかげで作品の売れ行きも好調だった。ありがたいことである。

「こちらこそ、お世話になります。小清水さんの個展、去年は大人気でしたからね! 今年も盛り上げていきましょうね!」

「わぁ、ありがとうございます!」

ニコニコと挨拶《あいさつ》を交わし合った後、館長はおそるおそるといったように、護衛たちへ視線を向ける。

「あの、この方たちは……？」

「あ、私の護衛なんです」

「ご、護衛ですか？」

物々しい言葉が飛び出して、館長がギョッとした顔になった。さもあらん。護衛を連れて歩く者などそういないだろう。

「ええ。少々家の方の事情がありまして……」

苦笑しつつ濁《にご》して説明すると、館長は「はぁ～」とため息のように言って頷《うなず》いた。

「なるほど、〝小清水家〟ともなると、大変ですねぇ」

「あはは……」

こういう時は笑うしかない。

「ですので、今日は護衛がついていて物々しいかもしれませんが、ご容赦いただけましたら……」

「あっ、ええ、それはもちろん、構いませんとも！　……ではさっそく、打ち合わせといいますか、当日個展の会場となるスペースを見て回りましょうか」

「よろしくお願いします」

どうやら去年とは違う場所を展示室として提供してくれるらしく、会話しながら館長の案内についていくと、白い壁で区切られたギャラリーへと通された。

「こちらが展示室４になります。貸し出し用の市民ギャラリーもあるのですが、大きなイベント向けの千四百平米以上ある空間になるので、個展をやるにはいささか広すぎるかと……」

「そ、それは広すぎますね。私の作品数もそれほど多くないので、これくらいの広さがちょうどいいかと思います」

さすがに千四百平米の空間を自分の作品だけで埋め尽くすのは、今からでは時間が足りなすぎる。苦笑しながら、展示室４の中心でぐるりと身体を回転させて空間を確かめていく。

「去年もこれくらいの広さのギャラリーをお借りしたので、想定どおりです。……ああ、天井が高い……」

「四・五メートルあります」

「いいですね。縦空間を利用しての展示が可能です。大きいのをドーンと吊《つ》り下げても……？」

「天井からワイヤーでいけます。グランドピアノを吊るしたこともありますので」

「いいですね、素晴らしい」

この空間に自分の作品をどう展示すべきかを頭の中でシミュレートし始めると、どんどんアイデアが湧いてくる。それらで脳内がいっぱいになりかけた時、不意にゾクッとした悪寒を感じてハッと我に返った。

（――なに、これ……？）

焦って周囲を確認したが、いるのは館長と護衛たちだけだ。

（……誰かに見られていたような……）

感じたのは、視線だ。ねっとりと纏《まと》わりつくような、気味の悪い視線だった。

咲良は思わず両手で自分の身体を抱き締める。悪寒の名残で四肢が震えそうだ。

「小清水さん？　どうかされましたか？」

咲良の様子がおかしいことに気づいたのか、館長が心配そうに声をかけてくる。

「い、いえ……なんでもありません」

笑って首を横に振ったが、全身の鳥肌はまだ収まっていなかった。

（この感じ……あのアルファに触られた時と似てる……）

もしかして高座がここにいるのだろうか。

あの時の高座の異様な表情を思い出し、背中にさらに怖気《おぞけ》が走ったが、咲良は腹に力を込めて背筋を伸ばした。

（――高座がいるからどうだっていうの。護衛《ガード》が付いてくれているし、なにより私は〝女神胎〟よ。薄気味悪い勘違いアルファなど蹴散《けち》らしてみせる……！）

同じ状況に陥《おちい》ったとして、母なら言い寄ってくるアルファを微笑《ほほえ》み一つで撃退しただろう。

怯《おび》えて逃げて守られているだけでは、母と同じ『女神胎』を名乗る資格はないのだ。

（落ち着きなさい、咲良。心を静めて状況を把握するの）

自分自身を宥《なだ》めるように両腕を自分の手で撫《な》でながら、咲良は顔を上げた。

ひとまずやらねばならないことを片付けてしまおう。もし本当に高座がここにいるとして、邪《よこしま》なことをしようとしているのであれば、館長や他の職員の目がある所で接触して来ないはずだ。

「空間はだいたい把握できました。話を詰めていきましょうか」


「では、展示する作品についてはまた後日メールで……。あ、その際に、ホームページに載せる作品の写真のデータなどもいただけたら嬉しいです」

「分かりました。メインにする予定の大皿、早めに仕上げられるよう頑張ります。よろしくお願いいたします」

「私どもも、また小清水さんの作品を楽しみにしております」

個展の打ち合わせは滞りなく進み、最後に館長と握手をして終了となった。

その間、咲良はずっと周囲に気を張り巡らせ、高座の姿がないか、あるいは不審な動きをする者がいないかをチェックしていたが、今のところは見つかっていない。

（護衛たちの様子も普通だし、気のせいだった……？）

気のせいにしてしまいたいという気持ちがあるが、気を抜くわけにはいかない。

ひとまず美術館を出て家に戻り、対策を練るべきだろう。

（一度東京の実家に戻るのもいいかもしれない……。まだママたちを納得させられるものがないから躊躇《ちゅうちょ》してたけど、身の危険があるなら安全確保が第一よね……）

今までは浅葱が傍にいてくれたから安心しきっていたが、これ以上浅葱に仕事を休ませるわけにもいかない。

——だがまさか、高座が再び接触してくるとは。

姿を見たわけではないので断定できないが、咲良の本能のようなものが警鐘を鳴らしていた。

『君は私の番《つがい》になるんだ、咲良』

高座のセリフを思い出し、ゾッと背筋に怖気が走る。まるで自分と咲良が『運命の番《つがい》』であると信じているかのような、悦に入った表情だった。

仮に『運命の番《つがい》』だと思い込んでいるとしても、咲良本人から否定され、小清水家から正式に断られれば諦めざるを得ないのではと思ったが、甘かったのかもしれない。

館長と別れエレベーターへ向かう途中、護衛の二人に声をかける。

「おそらく、高座が現れると思います。展示室にいる時に、視線を感じました」

「――了解いたしました」

護衛たちは一瞬驚いた顔をしたものの、すぐに厳しい表情になり首肯した。

エレベーターに乗り込む前に護衛が中を確認し、「どうぞ」と促され中に入ろうとした。

だがその瞬間、エレベーターの上からガタンという大きな音がして、天井がポッカリと開いた。

(えっ、何⁉ 救出口が開いた……⁉)

仰天して目を見開いた時には、救出口から飛び込んできた高座が目の前に立っていた。

「咲良様！ こちらへ！」

護衛が焦ったように叫《さけ》ぶのと同時に、高座が手に持ったスタンガンを護衛の首に押し当てる。

ビリビリという電流が放たれる乾いた音がして、あっという間に一人が倒れ込んだ。

もう一人が懐から麻酔銃《ダーツガン》を取り出す。対アルファ用の武器であり、所持や使用には国の許可証と免許が必要な特別なものだ。これであれば高い身体能力を持つアルファの動きを封じられるのだが、構える前に高座の蹴りで弾《はじ》き飛ばされてしまった。

高座は残った一人にもスタンガンを押し当てて戦闘不能に陥らせると、やれやれ、とでも言うようにため息をついた。

「自分の番《つがい》に会うだけで、ずいぶんと大立ち回りをさせられるものだ。ねえ、咲良」

ニコリ、とこちらに向けられた笑顔に、ブワッと全身の皮膚が粟立《あわだ》った。

「――高座、さん……」

「嫌だな、そんな他人行儀な。和成と呼んでくれないか。私と君とは〝運命の番《つがい》〟なのだから」

人の護衛に暴挙を働いた者のセリフではない。

明らかに常軌を逸《いっ》している高座に、呆《あき》れるよりも恐怖が込み上げて身体が竦《すく》みそうになる。

だが咲良は歯を食いしばって怯える自分を叱咤《しった》した。

(――ダメよ、咲良。怯えていては状況を正しく見極められない。落ち着いて、この窮地《きゅうち》を乗り越える方法を考えなさい……！)

伴ってきた護衛は二人倒されてしまった。駐車場にはもう一人護衛が待機しているが、応援を呼ぼうにも彼に伝える術《すべ》がない。それに、不意打ちならともかく、警戒し武装したアルファに、特殊な訓練を積んだ護衛といえ、ベータが一人で敵《かな》うとは思えない。

(それよりもまず、この男がなんのためにここにいるのか、その理由を把握しなければ……)

事あるごとに咲良を『運命の番《つがい》』だと言うこの男の狙いは、おそらく咲良を拐《かどわ》かすことだろう。

このままでは攫《さら》われて、最悪の場合無理やり番《つがい》契約をさせられてしまうかもしれない。

子どもの頃から両親が危惧してきたとおりの危険が目の前に迫ってきて、胃の底が抜けるような心地になった。

だがそれは同時に、子どもの頃から何度もシミュレートして備えてきた危機でもあるということだ。

（小さい頃から、何回も練習させられたでしょう。大丈夫、落ち着いてやればできる）

咲良はややもすれば震えそうになる四肢に力を込め、口元に微笑みを浮かべて傲然《ごうぜん》と顎を上げた。

「〝運命の番《つがい》〟ですって？　呆《あき》れた妄言を吐《は》くものね。この私がお前のような傲慢《ごうまん》で愚かなアルファの〝運命〟なわけがないでしょう」

咲良の様子が変わったのに気づいたのか、高座がわずかに眉根を寄せる。

「……君も感じたはずだ。お互いに、特別な感情を」

特別な感情、という言葉に、咲良はフッと鼻で笑った。

「特別な感情、と言われれば確かにそうね。これまでの人生では感じたことのないような嫌悪感だったから」

嘲笑《あざわら》うような口調で言ってやれば、高座はハッキリと顔を歪《ゆが》める。

（そうそう、その調子……）

高座はプライドの高いアルファだ。弱者であるはずのオメガに高飛車に出られれば、屈服させてやりたいと思うに違いない。

見合いの時の妙に自信に満ちた言動の数々を思い返してみても、オメガはアルファである自分の思いどおりになるものだと思っている節が見て取れた。

（見合いを断られた段階で諦めずに、こうして私の元に現れる辺りがその証拠だわ）

おそらく、言いなりにできると思っていた咲良が反発してきたので、征服欲を刺激されたのだろう。

こういう手合いは、煽《あお》れば煽っただけ分かりやすく反応してくれるはずだ。

頭の中で策略を練りながら、そっと手をジャケットのポケットへ移動させ、中に入っているものを確かめる。

（――よし、大丈夫）

不安と緊張で吐きそうだったが、それを気取られないように必死に腹に力を込めた。

「……嫌悪感、だと？　この私に対して、オメガの君が？」

咲良は失笑した。その発言一つで、自分の推測が正しいことを確信する。

「お前、オメガをずいぶん下に見ているのが丸分かりよ。それが愚かで恥ずべきことだって、学校で習わなかったの？　〝人は法の下に全て平等であり、人種・信条・性別・社会的身分または門地により、政治的、経済的、または社会的関係において、差別されない〟――って、この国の憲法、ご存じでしょう？　加えて言うなら、性別による差別は、オメガ保護法でも厳しく禁じているというのに」

小馬鹿《こばか》にするように言ってやると、高座はプッと噴き出したかと思うと、大袈裟なまでに高笑いをした。

「ハハハハハハハ！　これはまた小清水ともあろう名家が、娘にそんな愚かな建前の教育しか施していないとは！　呆れたものだな！　人は平等だと⁉　そんなわけないだろう！　人は生まれながらにして不平等だ！　この世は優れた者が強者で、劣った者は弱者だ。強者が弱者を従えるのは自然の摂理だ。あらゆる点で優れたアルファと、見た目と生殖能力以外に取り柄《とりえ》のないオメガが平等だなんて、お笑い種《ぐさ》もいいところだ！」

そこで一度言葉を切ると、高座は自分の顔を咲良の鼻先まで近づけた。

「お前たちオメガは、我々アルファの庇護なしにはまともに生きていけない、最弱種なんだよ。それでもその美しい顔と〝女神胎〟という付加価値があるなら、この私が番《つがい》として大切にしてやろうと言っているんだ。光栄に思え」

目をギョロつかせる高座の顔は、残忍な獣《けもの》のようだった。

吐き出される高座の息を吸いたくなくて呼吸を殺していた咲良は、ハッと吐き捨てるように笑う。

「クソ喰《く》らえ、よ。誰がお前などを番《つがい》になどするものか！」

言いながらポケットに入れていたものを素早く取り出し、手の中の小さなボタンを押した。

プシュ、と小さな空気音が鳴り、高座の鼻先で白い煙のようなものが立つ。

「――はっ、何を……う、グウッ⁉」

バカにしたように笑いかけた高座は、だが次の瞬間目眩《めまい》を起こしたかのように頭を押さえ、膝から頽《くずお》れた。

それを見た咲良は、震えるような息を吐き出した。

（良かった……効いてくれたみたい……）

右手の中にある小さなスプレー缶を握り締め、ようやくホッと肩の力を抜く。

それは点鼻薬のような形をした小さなガス缶で、ボタンを押せばガスと共にある物質が噴射される仕組みになっている。小清水家が対アルファ用の護身道具として独自に開発し、娘たちに持たせている物である。

「グウ……ぁああ！　頭が……っ、なんだ、これはっ……私に何をしたっ……！」

高座が両手で頭を押さえて苦悶《くもん》の声をあげる。

額には脂汗が滲《にじ》み、顔色が土気色になり始めていて、非常に苦しんでいるのが分かった。

（……本当に効くのね、これ……）

自分で使っておいてその感想はどうなんだと思うが、訓練で何度も練習はしたが、実際にアルファに使用するのは初めてだったのだ。

高座の苦しむ様を見下ろしながら、咲良はうっすらと微笑む。

「苦しいでしょう？　あなたに浴びせたのは、〝女神《クイーンズ》のフェロモン〟というものよ」

手にした缶を小さく振りながら言うと、高座は苦しそうにしながらもこちらを睨みつけてくる。

「……は？　女神《クイーンズ》のフェロモン、だと……？　そんなもの、聞いたこともない……！」

その反応に、咲良は小さく肩を竦めた。

「でしょうね。だってこれは、私たち〝女神胎〟のみが体内で生成できる独自のフェロモンなんだもの」

「ど、独自のフェロモン……？」

「そう。これを鼻から摂取すれば、アルファは自律神経を失調させ吐き気や目眩に襲われてまともに動けなくなる。その不快な症状を改善する方法は、ただ一つ。そのフェロモンの主であるオメガの命令に従うこと。従えば得も言われぬ多幸感を得て、逆らうことができなくなるという、とっても不思議な働きをするフェロモンなのよ」

殊《こと》さらににっこりと笑ってみせると、高座が仰天した表情になった。

「な、なんだと……⁉　オメガに逆らえなくなる……？　そんなバカな！　あり得ない……！」

劣等種であるオメガに支配されるのが、相当に屈辱なのだろう。信じようとしない高座に、咲良は「ふふ」と小さく笑うと、冷たい眼差しで短く命じる。

「〝平伏《へいふく》しろ〟」

「――！」

咲良の命令と同時に、高座が土下座の体勢を取った。だが高座の顔は驚愕《きょうがく》に歪《ゆが》んでいて、自分がその体勢を取っていることを信じられないというような表情だった。

「ふふ、面白い。私の命令に従うと気持ち好《い》いのに、悔しいのね」

揶揄《からか》ってやると、高座は血走った眼球だけをギョロリと動かしてこちらを見てくる。

「き、貴様ぁっ……！」

「〝お黙り〟」

平伏したまま暴言を吐きそうだったので、すかさず命令を重ねて口を封じる。

「くっ……！」

咲良の命令に従ってしまうことが相当に屈辱なのか、高座は顔を猿のように真っ赤にして唸《うな》り声をあげている。

「私たち〝女神胎〟が〝時にアルファすらも従える〟と言われるのはなぜなのか、身をもって知ることができて良かったわね。これはよほどのことがなければ使うことがない奥の手だから、滅多にできない経験よ」

そもそも、小清水家はこの〝女神のフェロモン《クイーンズ》〟を秘匿している。アルファを支配することができる仕組みが知れ渡れば、それを利用しようという者たちが現れるのが目に見えている。ただでさえ誘拐だの強姦《ごうかん》だのの危険に晒《さら》されている『女神胎』に、これ以上不安要素を増やすわけにはいかないという判断からだ。

事情を知ることとなった余所者《よそもの》——必然的に『女神胎』に危害を加えようとしたアルファということになる——は、処分されるか、『女神胎』の忠実な僕《しもべ》となるかの二択だと聞いた。

(……この人の場合、どうなるのかしら……)

チラリとそんな疑問が脳裏を過《よぎ》ったが、どうでもいいとすぐに切り捨てる。

この気色が悪く鼻持ちならないアルファがどうなろうと、知ったことではない。

「蔑《さげす》んでいたオメガに、いいように扱われる気分はどう？」

優しい声で訊ねてやると、高座は射殺さんばかりの目つきで睨《ね》め付けてきた。ギリギリと歯軋《はぎし》りをしている音まで聞こえてきて、それがひどく滑稽《こっけい》だ。

「私はね、アルファに生まれたという理由だけで、オメガをいいように扱っていいと思っている恥知らずが、死ぬほど嫌いなの。虐《しいた》げられる立場というものを、存分に味わうがいいわ」

そう言い置くと、咲良は倒れた護衛たちを起こそうと彼らへ意識を向ける。

スタンガンを当てられた場合、筋肉が収縮して動けなくなるが意識は残っているはずだ。

「河合さん、細谷さん、大丈夫ですか？」

だが声をかけても、二人とも呻き声すら上げなかった。ぐったりと身体を弛緩させている。

呼吸はしているので命はあるようだが、普通のスタンガンを使ってこんな状態になるわけがない。

（どんな電圧のスタンガンを使ったのよ……⁉）

おそらく相当強い物だったのだろう。後遺症が残ってしまうような真似を平気でしていることから、高座が他人のことなどどうでもいいと思っているのがよく分かる。

怒りを込めて高座を振り返った咲良は、ギョッとなった。

平伏した体勢のままでいると思い込んでいた高座が、自分に覆《おお》い被さろうとしていたからだ。

「きゃ……！」

意表を突かれたせいで反応が遅れ、咲良は乱暴に床に押し倒される。背中と頭をしたたかにぶつけた痛みに涙が出そうになったが、今はそれどころではない。

（〝命令〟していたのに、どうして……⁉）

高座が動けている理由が分からなかったが、とにかくもう一度命令をしようと開いた口を、大きな手が叩《たた》きつけるように塞《ふさ》いだ。

「〝命令〟などさせるか、このアバズレが！」

低くザラついた唸り声で高座が言った。その顔色は赤黒く、目は充血し異様なまでに爛々《らんらん》としていた。額には汗が浮かび、こめかみには青い血管が浮き出ている。歯を食いしばっているのか、顎に力がこもっているのが分かった。

まるで悪鬼のような形相だった。

「よくも……オメガの分際で、この私を支配しようとしたな！　お前のような女は、番《つがい》にして逆らえないようにした後、嬲《なぶ》り殺してやる！」

そう叫ぶと、高座は咲良の髪を掴んで項《うなじ》を露《あら》わにした。

（――噛みつく気だ！）

『番契約《つがいけいやく》』は項《うなじ》を噛まれただけでは成立しないと分かっていても、本能的に恐怖を感じて咲良は身を竦ませる。

（嫌！　こんな奴に、絶対に噛まれたくない……！　助けて、浅葱……！）

心の中で悲鳴をあげたその時、「咲良ちゃん！」という浅葱の叫《さけ》び声が聞こえた。

ドカッと何かが体当たりするような衝撃と共に、自分に覆い被さっていた高座の体重が消えた。

「咲良ちゃん！」

再び浅葱の声がして、咲良はいつの間にか閉じていた目をパッと開く。目の前に、切羽詰まったような浅葱の顔が飛び込んできて、咲良は衝動のままにその逞《たくま》しい胸に抱きついた。

「浅葱……！」

鼻腔に広がる浅葱の匂いにドッと安堵《あんど》が込み上げて、涙がボロボロと溢《あふ》れ出す。我慢していた箍《たが》が外れたのか、身体もブルブルと震え出して止まらなくなった。

「浅葱……浅葱、浅葱……！」

「ごめん、遅くなってごめん、咲良ちゃん！　もう大丈夫、大丈夫だよ」

身体を震わせて泣きじゃくりながら、浅葱の名前を呼ぶことしかできない。

そんな咲良を、浅葱は大きな身体で包み込むように抱き締め、ずっと背中を摩《さす》り続けてくれた。

その手の温かさにようやく浅葱の存在を実感して、咲良はゆっくりと目を閉じたのだった。

第六章　成就

目が覚めた時、絶世の美貌が見えてギョッとなった。

射干玉《ぬばたま》の黒髪に、白磁のような肌、天女もかくやとばかりの美女——紛れもない、母、夜月《よづき》のご尊顔である。

「マ、ママ……!?」

「おはよう、咲良《さくら》ちゃん」

母はにっこりと極上の微笑《ほほえ》みを浮かべている。

（……え？　これ、夢？）

自分は金沢《かなざわ》にいたはずで、東京《とうきょう》にいる母がここにいるはずがない。

（あれ？　そもそも、私、いつ眠ったんだっけ？）

起き抜けに母の顔を見たせいか、なんだか頭が混乱している。

母の顔を見つめたまま考え込んでいると、母はクスッと笑って咲良の鼻をきゅっと摘《つ》まんだ。

子どもの頃、よくやられた仕草《しぐさ》だ。

（あ、やっぱり夢かも……）

きっと子どもの頃の夢を見ているのだ。

「まあ、そんなポカンとした顔をしちゃって。まだ寝惚《ねぼ》けているのかしら。でもそろそろ起きないとね。あなたの番犬ちゃんが心配のあまり、禿《は》げ上がってしまうわよ」

母が『番犬』と呼ぶのはただ一人。

番犬なんかじゃない。愛しい愛しい、咲良の番《つがい》だ。

思わずスキンヘッドの浅葱《あさぎ》を想像してしまい、プッと噴き出した。

見慣れないだろうけど、髪がなければあのきれいな顔がよく見えるだろう。

「それはそれで格好いいかもしれない……」

思わずクフフ、と笑いながら心のままに呟《つぶや》くと、母は呆《あき》れた顔になった。

「あらまあ、あの鈍ちんな咲良ちゃんから、惚気《のろけ》を聞く日が来るなんてねぇ」

妙に現実味のあるセリフに、咲良の顔にじわじわと血が上っていく。

「えっ……これ、夢じゃないの!?」

ガバッと身体を起こせば、母はやれやれと言わんばかりに肩を竦《すく》めた。

「寝惚けるのか、惚気るのか、どっちか一つにしてちょうだい」

「待って、じゃあどうしてママがここにいるの⁉」

周囲を見回せば、ここが金沢の自分の家の寝室だと分かった。つまり東京ではない。母はいつ金沢に来たのだろうか。そしてなんのために。

疑問が頭の中に一気に押し寄せたと同時に、眠る直前の出来事が走馬灯のように甦《よみがえ》った。

「あっ、高座《たかくら》！　あのアルファ！　それに浅葱！　美術館で……！」

まるで日本語を覚えたての外国人のような喋《しゃべ》り方になってしまったが、情報量に頭の中が混乱しているので仕方ない。

状況が分からず焦る咲良に、母がため息をついて「ヨシヨシ」と背中を撫《な》でてくれた。

「落ち着いて。高座は逮捕されたし、番犬ちゃんは部屋の外で待ってるわ。ママとパパは、あなたが高座に襲われたって聞いて慌てて飛んできたのよ」

「高座が逮捕……！　そっか、そうだよね。護衛の人たちに危害を加えた挙《あ》げ句《く》、私を誘拐しようとしたんだから……。あっ、護衛の河合《かわい》さんと細谷《ほそや》さんは……！」

「病院に運んだわ。検査も終わって、念のため入院することになったけれど、命に別状はない」

「ああ、良かった……！」

護衛の二人のことはとても心配していたので、咲良は胸を撫で下ろした。

母はそんな咲良をぎゅっと抱き締めてくる。

「本当に、高座の息子があれほどの下衆《げす》とはね……」

「そうよ。私に対してもそうだけど、なんの罪もないうちの護衛にあんな暴行を……！」

思い出したらまた腹が立ってきてしまい、高座の所業を母に訴えようとした咲良は、母から告げられた事実に驚愕《きょうがく》することとなった。

「それだけじゃないのよ。あの男、自宅にしているマンションに、複数のオメガを監禁していたらしいの。被害者たちは全員、高座に無理やり番《つがい》にさせられて逃げるに逃げられなくなっていたそうよ」

「えええぇ……!?」

あまりの事実に、咲良は呆然《ぼうぜん》としてしまった。

人を監禁するだけでも十分に犯罪だが、オメガに無理やり番契約《つがい》をすることは、この国では無期懲役を食らう重罪だ。仮に行政官庁の処分によって仮釈放となる場合も、薬物投与による化学的去勢が義務付けられる。

オメガ保護法が制定されてからというもの、性犯罪への厳罰化が進んだことから、性犯罪件数は激減したと言われてきた中、高座の起こした犯罪はかなり衝撃的な内容だった。

「被害者のオメガたちは、今どうしているの？」

「警察がマンションに踏み込んで、無事に保護しているそうよ。全員身寄りがないそうだから、いずれ私のシェルターに迎え入れるつもり」

母の運営するオメガ専用のシェルターでは、自立支援だけではなく、精神科医や心理士による性犯罪被害者のカウンセリングプログラムも行われているのだ。

「そっか。ママの所なら安心ね……」

「そうだといいのだけど。無理やり番《つがい》にされてしまったことで、発情期《ヒート》管理にも苦労することになってしまうから、本人たちにはとても辛《つら》いでしょうし……。でも、できるだけのサポートはしてあげたいと思っているわ」

力強い口調で語る母は頼もしく、やはり尊敬すべき人だと改めて思う。

「それにしても、高座家にはきちんと罪を償ってもらわなくては。息子可愛《かわい》さに罪を隠蔽《いんぺい》するなんて、社会を率いる指導者としての矜持《きょうじ》はないのかしら」

「罪を隠蔽って……」

「呆れたことに、高座和成《かずなり》は過去にも留学先で同様の罪を犯していて、それを親がお金で隠蔽していたのですって」

次々に出てくる高座の罪に、咲良は目眩《めまい》がしそうだった。

「と、とんでもない奴だったのね……！　道理で悍《おぞ》ましいと感じたわけだわ……！」

高座に触られた時に感じた強烈な嫌悪感は、正しかったのだ。

「悍ましかったの？」

「うん。握手した瞬間、ゾッとしたの。あまりにひどい嫌悪感だったから、自分でもびっくりしてしまうくらい」

「そうだったのね……。ごめんなさいね、咲良ちゃん。ママのせいで怖い思いをさせて……」

母が謝った。

咲良は仰天してまじまじと母を見つめてしまった。

「なぁに？　ママの顔に何かついてる？」

「え……ううん、だってその、ママが謝るなんて、天変地異の前触れかと……」

「まあ〜、ママだって悪いと思ったらごめんなさいくらいするわよ。失礼ねぇ」

「えええ……」

心外そうな顔をされたが、こっちの方が心外である。こちとら二十六年間母の娘をやっているが、母が謝る姿を一度も見たことがないのだが。

今自分はまだ夢を見ているのでは……？　と半信半疑な顔をしていると、母がしょんぼりと言った。

「怒っているのね……」

「えっ？　いや、怒ってるっていうか、びっくりしてただけ。というか、ママはなんについて謝ってるの？」

そもそも母は別に悪いことなどしていない。高座のような極悪人を娘の番候補《つがい》に挙げてしまったことを言っているのだとすれば、それは別に母のせいではない。高座はうまく隠蔽していたのだろうし、高座が悪人であることは、母の咎《とが》ではない。

だから謝る必要などないと言おうとした咲良は、次の母のセリフで目を瞬《またた》いた。

「本当に悪かったと思っているわ。試すような真似《まね》をして」

「え？　試す？」

思いがけないことを言われて、思い切り怪訝《けげん》な顔になってしまった。

自分は母に何を試されていたのだろうか。考えても思い当たる節が全くない。

しきりと首を捻《ひね》っている娘を見て、母は「あらまぁ」と困ったように眉を下げる。

「気づいていなかったのねぇ。……そういえば、今の今まで気を失っていたのだから、気づいてなくて当然かしら。でも、やっぱりあなた、ちょっと鈍ちんよねぇ」

「ちょ、待って待って。どういうこと？　私が気を失っている間に何があったの？」

話が全然見えず、焦って説明を促していると、コンコン、というノックの音が聞こえてきた。

母は誰が来たのか分かっているようで、「どうぞ」とノックに応じてから、両手で娘の頬を包み込むようにして言った。

「ちょうどいいタイミングね。その説明は、あなたの番からしてもらいなさい」

「えっ？　〝あなたの番《つがい》〟って、どういう——」

母の意味深長な微笑みと発言に咲良が盛大に混乱していると、ドアが開いた。

入ってきたのは、浅葱だった。

「咲良ちゃん！」

浅葱は咲良がベッドの上で身を起こしているのを見ると、隣に座る夜月の存在など見えないかのように、まっすぐに咲良の所に駆け寄って抱きついてくる。

「良かった……！　目が覚めたんだね！」

「浅葱……ごめんね、心配かけて……」

よほど心配をかけてしまったのだろう。浅葱は咲良の存在を確かめるようにぎゅうぎゅうと抱き締めてくる。安心させたくて浅葱の大きな背中に腕を回して撫《な》でていると、母の白けたような声がした。

「まったく、顔を見た瞬間まっしぐらなんて、ご主人様を見つけた番犬そのものねぇ」

（あっ、ママの前だってこと忘れてた……！）

さすがに肉親の前でイチャイチャするのは恥ずかしい。というよりも、母に浅葱とイチャついているところを見られるのはまずい、と浅葱の背中をパシパシと叩《たた》いた。

「ちょ、浅葱！　離して……！」

「いやだ。夜月様が寝室に入れてくれないから、咲良ちゃんの様子を確認できなくて不安だったんだ……！　無事だって実感させて……！」

浅葱が返答にさりげなく母への非難まで織り交ぜるものだから、咲良はさらに焦ってしまう。

（ちょ、ちょっと浅葱……!?）

浅葱が咲良の番《つがい》だと認めてもらうために説得しないといけない時に、よりによって非難がましい発言をするなんて。母を怒らせたらどうするのだ。

（バカ浅葱！）

自然と背中を叩く手に力がこもってしまった。

バシ！　と小気味のいい音がして、浅葱が「いて」と呻《うめ》いたが、今はそれどころじゃない。

「いや、だから……！」

半分泣きそうになりながら浅葱を引き剥《は》がそうとしていると、母が立ち上がってフンと鼻を鳴らした。

「あらまあ、番《つがい》になることを許したとはいえ、正式に結婚するまでは節度を保ってもらうのは当然でしょう？」

浅葱に放たれた言葉のはずなのに、衝撃を受けたのは咲良の方だった。

「――え？　待って、ママ……」

今、母はなんと言った？

番《つがい》になることを許した、と言わなかったか？

ポカンとする咲良に、母はニヤリとした笑みを浮かべた。

「咲良ちゃん、一度飼った犬は、責任を持って最期まで面倒を見るのが飼い主の務めというものよ」

「ちょ……、ちょっと、ママ……」

真剣な話をしているというのに、思わず苦笑してしまう。

事あるごとに浅葱を『番犬』扱いする母だが、その発言はあんまりではないだろうか。

だが母は意に介した様子もなく、満足げなため息をついて肩を上げる。

「十五年間、咲良ちゃんを守り続けた番犬だもの。きっとこの先の未来も、咲良ちゃんを守り抜いてくれるわ。そろそろ、番《つがい》に昇格させてあげてもいい頃合いかしらと思ってね」

そう言い置くと、ヒラヒラと手を振って寝室を出て行った。

パタンとドアの閉まる音を聞きながら、咲良はなおも呆然《ぼうぜん》と、自分に抱きついたままの浅葱に訊《たず》ねる。

「浅葱……これって、夢かな……？」

母が浅葱を番《つがい》だと認めてくれた。しかも、あんなにもアッサリと。

簡単には許してくれないと思っていたし、なんなら勘当されてしまうことも覚悟していた。

下手をすれば、父に浅葱が殺されてしまうかもしれない、その前に助け出さなくては、という
シミュレーションまでしていたというのに。

咲良の問いに、浅葱はフッと笑って咲良の顔を覗《のぞ》き込む。

薄いグリーンの瞳が、喜びにキラキラと煌《きら》めいている。その目を見た瞬間、咲良の中にも喜
びが光のように膨らんでいく。

「夢じゃないよ。僕ら、番《つがい》になれるんだ」

「――っ、浅葱……！」

込み上げる歓喜のままに、咲良は浅葱に抱きついた。

お互いにしがみつくようにしながら、夢中で唇を重ねる。

ずっと胸の奥に居座っていた不安がサラサラと霧散していくのを感じながら、咲良は愛しい
人とようやく番《つがい》になれるという喜びに浸ったのだった。

＊＊＊

——時間は少し遡《さかのぼ》る。

雇った調査員から、留学先で高座《たかくら》が起こした事件の、被害者であるオメガの行方が分かったとの報告が上がり、浅葱はすぐさまそのオメガと連絡を取った。驚いたことに彼女は日本人で、現在日本に住んでいた。当時、高座同様に留学生としてアメリカに在住していたが、その事件があって大学を辞め、すぐに帰国したのだそうだ。

こういった性暴力の被害者は、当然ながら大変なトラウマを抱えている。だから浅葱もダメ元で接触を図ったのだが、幸いにして彼女は承諾してくれた。事件以降、当然ながら彼女も深刻なＰＴＳＤに悩まされ、数年間、入退院を繰り返す日々を送っていたという。だが信頼できる心理士による手厚いサポートと、同じような経験をした人たちの自助グループに参加することで、徐々にトラウマを克服していったそうだ。

さらに同じような被害に遭った人を救いたいと、心理士の資格を取り、現在では自助グループのサポートメンバーとして働いていた。

『いつかあの時のことを詳《つまび》らかにして、あのアルファたちに鉄槌《てっつい》を下したいと思っていたのです』

決意に満ちた目でそう言った彼女は、高座の過去の罪の証言者となってくれた。

さらに彼女から犯行の詳細を聞くうちに、高座はおそらくオメガに対して病的な支配欲を持っているであろうことが伺えた。そういった病的な性質を持つ者は、一度味わった快感を我慢することはできないものだ。

もしかしたら、日本でも同じような犯罪を犯しているのではないかと考えた浅葱は、過去に高座と接触のあったオメガの中で、現在消息の分からなくなっている者はいないかを調べた。アメリカでの事件でも、アルファたちは被害者オメガをアパートに監禁していた。同じ手口を使っているのなら、消息不明になったオメガがいるはずだ。

だが調べても高座の周囲で消息不明になったオメガは出てこなかった。

（……まあ、確かに国内であれば、高座財閥のコネクションを使って犯罪を隠蔽《いんぺい》することは容易《たやす》いだろうからな）

高座とてアルファでバカではない。簡単に辿《たど》れるような犯罪の痕跡を残したりはしないだろう。ならば、と浅葱はターゲットを高座から高座の腹心へと変えた。

浅葱が探しているのは、高座の被害者――つまり人間だ。当たり前だが、人間を生かすためには衣食住が必要である。

どこかに監禁されていると仮定して、小清水《こしみず》との縁談が持ち上がり、身辺を潔《きよ》くしておかなくてはならない高座はあまり近づかないにしても、誰かは監禁された被害者の世話をしているはずなのだ。

そしておそらく、それを任せられるのは、高座が犯罪を犯していると知りながらも服従を誓う腹心だろう。

こうして、優秀な興信所を使い、目処《めど》をつけた高座の腹心数名を張らせたところ、案の定そのうちの一人が『世話係』をしていたのだ。

あとは証拠を提示して警察に届け、被害者救出となった。もちろん、届けた先の警察官は高座家に懐柔されない者を厳選し、捜査陣営も高座の息の届かない者で固めるように掛け合った。せっかく届けても、警察で揉《も》み消されてしまっては元も子もない。

浅葱がこれまでの人生で培ってきた金と人脈を駆使したおかげで、高座は逮捕されることとなった。

被害者は一人ではなく複数のオメガで、全て高座によって攫《さら》われ、無理やり番契約《つがいけいやく》をされてしまっていたことから、アルファが犯した非常に悪質で非人道的な犯罪であるとされ、世界中でニュースに取り上げられた。

これにより、高座家の所有する複数の会社の株はことごとく暴落している。おそらくこのまま没落の一途を辿ることになるだろう。

「つまりこれが、あなたが僕にやらせたかったこと、ということですよね？」

浅葱は目の前で優雅に紅茶を飲む美女に、静かにそう問いかけた。

美女の傍《かたわ》らには、彼女の夫であるアルファが愛おしげに妻を見つめている。

圧倒的存在感を放つこの美男美女は、もちろん小清水家当主夫妻である。

夜月は紅茶のカップをソーサーに置くと、にっこりと笑って頷《うなず》いた。

「そうね。よくやったわ、番犬ちゃん。えらい、えらい」

まるで子どもでも褒《ほ》めるような返事に、浅葱はがっくりとため息をつく。

「ずいぶん、あっさりとお認めになるんですね」

こちとら振り回されて、文句を言いたくて仕方ないのだが。少しは悪びれるくらいしてほしいものである。

「あら。だって、お前が答えに辿り着くことは、最初から想定内だったもの」

「むしろ、そうでなくては失格だからね」

夫妻はお互いに「ねえ？」と頷いて通じ合っている。

（……全く、この二人は本当に手に負えない……）

自分程度では敵《かな》わない、まさに巨星と言うべき人たちだから仕方ないのかもしれないが。

だが、と浅葱はニッと口元を吊《つ》り上げる。

「つまり、僕は〝失格〟にはならなかった、ということですよね？」

確認すると、夫婦はお互いの顔を見合わせた後、面白くなさそうな表情になった。

「……ま、そういうことになるかしらねぇ」

「及第点、かなぁ」

いかにも渋々、といったていで吐《は》き出された肯定の返事に、浅葱はすかさず叫《さけ》ぶように言った。

「言質《げんち》！　取りましたからね！　後で撤回するなんてしないでくださいよ!?」

浅葱の大声に、夜月はあからさまに顔を顰《しか》める。

「キャンキャンとうるさいわねぇ。誰に向かって言っているのかしら」

「小さい頃からそうだったけど、君、本当に怖いもの知らずだよねぇ」

穏やかに言っているが、この二人を怒らせれば普通に命はないことくらい、浅葱だって知っている。

だが今だけは許してほしい。

(ウォオオオオオッ！)

思い切り雄叫《おたけ》びを上げて飛び上がりたい気持ちだ。

なにしろ、今、この瞬間、浅葱は咲良の番《つがい》として認めてもらえたのだから。

――要約すれば、こういう話だ。

小清水夫妻は、浅葱が咲良の番《つがい》に相応《ふさわ》しいかどうか、テストをしていたというわけだ。

浅葱が咲良を恋い慕っていることは小清水家では周知の事実だし、咲良の番《つがい》を決める段になれば、浅葱が立候補してくるだろうことは、誰が考えても明らかだった。

夫妻の求める『女神胎《めがみばら》』の番《つがい》としての資質が足りなかった浅葱が、着々と力をつけていくのを見て、ほんの少しだけ「これならば」と思ってくれたのではないだろうか。

そして、浅葱に本当に咲良を守る力が備わっているかどうかを試すために、候補者の中に高座和成を混ぜ込んだのだ。

表向きには品行方正で善人とされるアルファが、血も涙もない冷血漢の大悪人であることなど珍しい話ではない。というか、アルファが完璧な善人であることなどほとんどないだろう。清濁併《せいだくあわ》せ呑《の》む度量がなくては、人も組織も収めることはできないものだ。言い換えれば、社会的地位の高い職に就くことの多いアルファは、そういった狐狸妖怪《こりようかい》のような者ばかりというわけだ。

悪意を持つものを選別し排除する能力がなければ、咲良の番《つがい》にはなれない。

表向きには非常に清廉潔白だが、裏ではオメガを虐待する精神異常者である高座和成は、その試金石にうってつけの人物だった。

おそらくだが、小清水家は最初から高座家を潰《つぶ》すつもりだったのだろう。

夜月がオメガの社会的地位の向上を目指し尽力していることは有名だ。全てのオメガの支援者を自負する夜月にとって、オメガを軽視し弄《もてあそ》ぶ高座のようなアルファは、絶対に許してはならない存在だし、息子の罪を隠蔽しようとした親も同様だ。

浅葱が高座を潰さなくとも、いずれ夜月が手を下したに違いない。

ともあれ、高座の裏を暴き、排除に成功した浅葱は、夫妻のテストに見事合格した、ということなのである。

(やはり、あの時感じた違和感は正しかった)

夜月の意図が分からず、最後に残ったパズルのピースがどうやっても嵌《は》まらなかった時のような、如何《いかん》とも難《がた》いモヤモヤをずっと感じていた。だが自分がやっているのがパズルではなくチェスで、しかも自分はプレイヤーではなく駒だったことに気づいた時、全て合点《がってん》がいったのだ。

あの時は、自分はまだ咲良の番《つがい》となるための土俵にも立たせてもらっていないと思っていたので、テストされている可能性に気づいたものの、己の考えに半信半疑だったくらいだ。

「本当に……ありがとうございます」

浅葱は改めて夫妻に頭を下げた。思えば、この夫妻は浅葱を厳しくも逞《たくま》しく育ててくれた、第二の保護者だったと言っても過言じゃない。夜月という強大なラスボスがいなかったら、きっと自分は咲良を守り切るだけの力を備えることはできなかっただろう。

「僕は夜月様と朔太郎《さくたろう》様に鍛えていただいたようなものです。お二人のおかげで、咲良ちゃんの隣に立つことができました。育ててくださって、本当にありがとうございます！」

心からの礼を言うと、夜月はツンと顎を逸《そ》らした。

「別に、育てたつもりはないわ。可愛《かわい》い娘から、大事なお友達を奪うなんて真似《まね》、親としてできなかっただけよ」

「咲良はああ見えて、人に心を開くのが苦手な子だからなぁ。芸術家気質だからなのか、心の機微に疎《うと》いところもあるしね。君のような子が傍にいてくれて、安心だったよ。これからも、咲良をよろしく頼むよ」

この二人なりの祝福を受け、浅葱の胸がいっぱいになった。

「はい……！」

目頭が熱くなったが、さすがにこの歳で泣くのは恥ずかしい。グッと奥歯を噛《か》んで涙を逃していると、「そういえば……」と夜月が首を傾《かし》げる。

「高座和成、顔が原形を留《とど》めてないくらい腫《は》れ上がっていたけど、あれ、お前がやったの？」

「あー……はい」

美術館で高座をボコボコにした件を指摘され、しまったな、と内心臍《ほぞ》を噛んだ。

「すみません。咲良ちゃんに噛みつこうとしているのを見て、ついカッとなって……」

高座の腹を思い切り蹴り飛ばして咲良を助け出した後、高倉が気を失うまで殴り続けてしまったのだ。

あれは完全に怒りに我を失っていた。美術館の職員が駆けつけて止めてくれなかったら、おそらく殺してしまっていただろう。

咲良を助けるためとはいえ、過剰防衛だと警察にも叱《しか》られてしまったのだ。

小清水夫妻からもお叱りを受けるのだろうかとしょんぼりと肩を下げていると、夜月があっけらかんと首を横に振った。

「あら、何言ってるの。脚も腕も無事だったみたいだから、ずいぶん手加減してやったのねと思ったのよ」

「え……」

「この人だったら、四肢の骨という骨、全て折っていたわ。ねえ、朔太郎」

「そうだねぇ」

(いや〝そうだねぇ〟じゃないんだわ……)

そしてそんな凪《な》いだ湖面のような微笑《ほほえ》みで言うセリフじゃない。

自分よりも過激な人たちに、浅葱は引き攣《つ》った笑いを浮かべた。

「でも、どうして咲良ちゃんが噛みつかれそうになるまで放っておいたの。お前、何をしていたのよ」

鋭《するど》い指摘に、浅葱はうっと言葉に詰まる。

「面目ないです……。実は今朝、高座のマンションの家宅捜索の許可状が出たと連絡があって、午前中に東京《とうきょう》に戻る予定だったんです」

「ああ、そうだったの」

咲良には仕事だと言ったが、実は高座の家宅捜索の状況を把握するためだった。あわよくばその際に高座逮捕をこの目で確かめられると思っていたのだ。

「ですが空港へ向かう途中で、高座が消息不明になっていると連絡を受けて、急いで引き返したもので……咲良ちゃんの元へ行くのが遅れてしまったんです。咲良ちゃんの傍を離れるべきじゃなかった。僕の判断ミスでした」

悔やむ浅葱に、朔太郎がのんびりと言った。

「だが君が傍に貼り付いていたら、高座は姿を現さなかっただろう。そしたら捕まえることはできなかったしね。人間万事塞翁《じんかんばんじさいおう》が馬《うま》ってことだ」

「あら、朔太郎ったら甘いんだから」

夫の寛容さに、夜月が不満そうに唇を尖《とが》らせたが、朔太郎は宥《なだ》めるように妻の手を優しく撫《な》である。

「一方が守られるだけの関係は、番《つがい》とは言えないよ。守り、守られて、共に生きていくから番《つがい》なんだ。君と僕のようにね」

「あなた……」

臆面もなく手のひらにキスを落とす朔太郎と、そんな夫をうっとりと見つめる夜月の夫婦に、浅葱は目の遣《や》りどころに困って半眼を伏せた。

自分は一体何を見せられているのだろうか。

そういうのは二人きりになってからやってほしい、と思ったが、番《つがい》同士が慈しみ合うことは単純に素晴らしいことだなと思い直す。

（……僕と咲良ちゃんも、いつかこの二人のようになるのだろうか）

そんなことを考えながら、二人の世界に埋没してしまった夫妻に軽く会釈をして、そっとその場を離れたのだった。

終章　初めての夜

「――ああ、もうほんと、頭の中、焼き切れそう……ッ！」

熱気の籠《こ》もった浅葱《あさぎ》の声に、咲良《さくら》の身体にまた快感が電流のように走り抜けた。

「ああっ、み、耳元で、喋《しゃべ》っちゃダメぇ……」

ただでさえ全身が敏感になっているというのに、快感を拾いやすい耳に息を吹きかけられたら、またお腹が熱くなってしまう。

身をくねらせて呟《つぶや》いたが、浅葱は「ごめん、無理、可愛《かわい》い」と意味不明な言葉を囁《ささや》いて、今度は耳朶を喰《は》んでくる。ぴちゃり、という生々しい水音がダイレクトに鼓膜を揺さぶり、ゾクゾクとした慄《おのの》きが首筋を駆け下りた。

「ひ、ぁあああんっ……」

顎を反らせて悲鳴をあげると、その顎を掴《つか》まれて噛《か》みつくようなキスをされる。

強引に捩《ね》じ込まれる舌を必死に受け入れていると、大きな手に裸の乳房を下からすくい上げるように揉《も》みしだかれた。肉の感触を味わうように数回揉むと、浅葱の指はすぐに乳首を探し当ててキュウッと捻《ひね》り上げる。

「んぅっ！」

強い快感にビクンと身体が跳ねた。

浅葱は、咲良が乳首を弄《いじ》られるのが好きだと知っているのだ。指先で緩急をつけて執拗《しつよう》に捏《こ》ね回され、咲良のお腹に快楽の熱が溜まっていく。

最後まではしていないが、寸前までの行為は幾度もしてきたせいか、今では浅葱の方が、咲良本人よりも咲良の身体のことを熟知している。

「ああ……可愛い……いい匂い……なんなの、くそ、堪《たま》んない、このフェロモンの匂い……頭の中、溶けそう……」

浅葱がブツブツと言いながら、背後から咲良の首筋に顔を埋《うず》める。そのままスゥーッと鼻から息を吸い込む音が聞こえて、自分の匂い――発情期《ヒート》フェロモンの匂いを嗅《か》いでいるのが分かった。

自分の番《つがい》が自分のフェロモンで発情しているのだと思うと、満ち足りた多幸感で頭がクラクラしそうだった。

（……ああ、どうして、こんなことになってるんだっけ……）

快楽に霞みつつある思考の中、咲良はゆっくりと状況を振り返る。

(確か、パパとママが、帰っていって……)

気を失った咲良を心配して駆けつけてくれた両親は、咲良の意識が回復したのを確認すると、慌ただしく東京《とうきょう》へ帰っていった。なにしろ多忙な人たちだ。「明日出席しなくちゃいけない会合が三つもあるのよ～」と言っていたから、今日もたくさんの予定をキャンセルしてここへ来てくれたのだろう。

久々に会えたのに、と名残惜しい気持ちはあったが、引き留めるわけにはいかなかった。

両親を見送り二人きりになった途端、咲良の身体に異変が起きたのだ。

ドクン、と大きな音を立てて心臓が拍動したかと思うと、まるで全速力で走った時のようにバクバクと早鐘を打ち始めたのだ。

(――なに、これ……っ⁉　熱いっ……！)

身の内側に熱湯を流し込まれたかのような熱さを感じ、苦しさに咲良はその場で胸を押さえてしゃがみ込んだ。

「咲良ちゃん⁉　どうしたの⁉」

玄関の戸締まりを確認してくれていた浅葱が、咲良の異変にすぐに気づいて駆け寄ってくる。

「貧血⁉　胸が苦しい？　とにかく、抱き上げるよ！」

逞《たくま》しい身体に寄り添われ、浅葱の匂いが鼻腔《びくう》を擽《くすぐ》った。——その瞬間、咲良の身体がビクンと大きく痙攣《けいれん》する。

「はウッ……！」

身体の中の熱がさらに上昇し、自分の内側から汗が噴き出るような感覚に襲われた。

だが汗を掻《か》いてはおらず、代わりにじわりじわりと噴き出すのは、甘い香りだった。

(——ああ、これ、発情期《ヒート》だ……)

咲良はこれまで一度も発情期《ヒート》を経験したことがない。小清水《こしみず》家のオメガは、フェロモン専門医の指導の元、投薬によるフェロモンコントロールを徹底されるからである。

(今も抑制薬を飲んでいるはずなのに、どうして発情期《ヒート》が起きてしまったの……!?)

初めての発情期《ヒート》に狼狽《うろた》えていた咲良は、自分を抱えようとした浅葱が額を押さえて苦悶《くもん》の表情をしていることに気がついた。

「あっ……浅葱、ごめ……わた、し、発情期《ヒート》を……！」

オメガの発情期《ヒート》フェロモンを喰《く》らったアルファは、強制的に発情させられてしまう。

オメガにとって、自分のフェロモンの暴発にアルファを巻き込むことは、絶対にしてはならないマナー違反だ。その意識が強くあるせいで、咲良は咄嗟《とっさ》に謝りながら、浅葱から少しでも離れようと身体を動かした。だがその動きを、大きな身体に阻まれる。

「――どこ行くの、咲良ちゃん」

低く艶《つや》やかな声で言って、浅葱はのし掛かるようにして咲良の顔を覗《のぞ》き込んできた。

その薄いグリーンの瞳は爛々《らんらん》と光っていて、咲良を逃すまいとしているのが分かり、咲良の中の本能が歓喜した。目の前のアルファが、自分に狙いを定めたのを感じ取ったのだ。

「あ、さぎ……私……」

熱のせいで涙目で呟くと、浅葱はフッと吐《は》き出すように笑った。

「うん。発情期《ヒート》を起こしてくれてるね、僕のために。嬉《うれ》しい」

「あ……浅葱の、ため……？」

「そうだよ。僕たち、やっと番《つがい》になれる。ずっと我慢してきたから、もう限界だったんだよ」

優しい口調でそう言われて、咲良はようやく安堵《あんど》して微笑《ほほえ》んだ。

（……そうか、いいのね。もう、浅葱と番《つがい》になっていいんだ。我慢しなくて、いいんだ）

浅葱を好きだと気づいてから、ずっと一つになりたいと思っていた。

浅葱と重なって、溶けて、ぐちゃぐちゃに混じり合ってしまいたい。二人がずっと一緒にいられるように。離れることのないように。

（――だって、浅葱と離れたら、生きていけない……）

自分の思考に自分で驚いてしまう。いつから自分はそんな愚かなことを思うようになってしまったのか。自分の好きなことを仕事にし、自分の好きな物を集めた空間で生き、一人でも生きられるようになった自分が好きだった。自立できていると誇りにすら思っていたはずなのに。でも今、そんなもの全部どうでもいいと思った。浅葱がいれば、それでいい。あれほど情熱を注いできた仕事も、このこだわりを詰め込んだはずの家も、浅葱の前ではその価値はないにも等しい。

「浅葱……浅葱、私、あなたを愛してる……。私、あなたがいなくちゃ生きていけないって、今、分かった……」

咲良はどこか呆然《ぼうぜん》と呟いた。

なにものにも代え難《がた》い、唯一無二の存在なのだ。目の前の、この男は。

これが、自分の番《つがい》というものなのだ。

咲良の愛の告白に、浅葱は大輪の花が開く時のように、艶《あで》やかに微笑んだ。

「僕も、咲良ちゃんを愛してる。嬉しいな、ようやく、僕の想いに追いついてくれたね」

晴れやかなその笑顔に、咲良は目を細める。

(ああ、そうか。浅葱はずっと、こんな想いを抱えて、私を求め続けてくれていたのね……)

こんな、狂おしいまでの渇望と愛情を抱えて、傍《そば》で祈り続けてくれていたのだ。

——早く、僕の存在に気づいて。僕はここにいるよ。

その健気《けなげ》さに、涙が溢《あふ》れた。どれほどもどかしかっただろう。どれほど悲しかっただろう。最愛の番《つがい》から番《つがい》と認識されず、無いもののように素通りされ続けるなんて。

「……ごめんね、私、鈍感で。もっと早くに、気づいていれば良かったのに……」

涙の絡んだ声で謝ると、浅葱は困ったように笑う。

「いいよ。今こうして、想いが重なり合ったから」

そう言いながら咲良の膝に腕を差し入れ、ひょいと抱き上げて立ち上がった。

「ひゃ……！」

視界が急に変わって目が回ったが、それ以上に浅葱の匂いにクラクラとする。横抱きにされたことで浅葱の身体と密着し、衣類を通しても彼の体温を感じられて、またブワリと身体が熱くなった。

「……ッ、ぁあ、すごい甘い……」

呻《うめ》き声のような独り言が聞こえて、咲良は自分の首筋を押さえた。確か、発情期《ヒート》フェロモンは主に項《うなじ》の汗腺から放出されるはずだ。自分では分からないが、ここからその香りが出ているのだろうか。

（でも、確かに、ここ、なんかチリチリして、疼《うず》く……）

普段、項が疼くなんて感じたことは一度もない。それなのに、今はまるでここにもう一つ心臓があるみたいに、ドクドクと脈打っているのが分かる。

自分の項をしきりと手で撫《な》でていると、ゴクリと浅葱が唾を呑《の》む音が聞こえた。

「咲良ちゃん、ごめん、もう限界……」

言うや否《いな》や、浅葱は足早に咲良の寝室へと駆け込むと、一緒に倒れ込むようにしてベッドに乗った。

「咲良ちゃん、脱いで。ごめん、今、僕、力加減できないから……」

まるでカタコトのような口調で言いつつも、浅葱は自分の服を引き千切るようにして脱いでいる。

服を自分で脱げ、なんて言われたら、普段の咲良なら絶対に頷《うなず》かないだろう。それなのに今、コクコクと頷いて、発情期《ヒート》のせいでもたつく手を必死で動かして服を脱いでいた。

浅葱と自分を隔てる物は要らない。ひたすらに、浅葱と一つになりたいという本能に突き動かされていた。

お互いに剥《は》ぎ取るようにして裸になると、どちらともなく腕を伸ばして抱き合った。

浅葱の身体は熱く、鞣《なめ》した皮のようにしなやかだった。

その素肌が自分の皮膚《ひふ》の上に重なっているだけで、どうしようもなく幸せだと思った。

「ああ、やっとだ……やっと、君を僕のものにできる……！」

まるで譫語《うわごと》みたいに囁く浅葱は、咲良の顔中にキスを落とす。

「この形のいい眉も、通った鼻も、ビー玉みたいな透明な目も、イチゴみたいな唇も、全部全部、僕のものだ……！　誰にも触らせない……僕のものだ……！」

上唇と下唇を交互に喰《は》まれたかと思うと、強引に舌が入り込んできて口内を舐《ねぶ》り尽くされる。舌先で上顎を擽られるとゾクッとした快感が生まれて、首の後ろを熱くさせた。まるでそれが分かっているかのように浅葱の手が伸びてきて、咲良の項を親指でするすると撫でる。

（ああ、もっと触れて……もっと強く、痛いほどに噛《か》みついてほしい……！）

そう思うのに、浅葱に口を塞《ふさ》がれているので訴えることもできない。

焦《じ》れる思いで身をくねらせると、浅葱がキスをやめて耳を喰み始めた。

「咲良ちゃん……ああ、すごい匂い……気が狂いそう……」

項が近いせいか、恍惚《こうこつ》とした口調で耳元で囁かれて、ゾクゾクとした慄きが咲良の脊椎を走る。

「んっ、ぁあっ……！」

「可愛い、咲良ちゃん、食べてしまいたい……」

乳房を手のひらで揉みながら指先で乳首をくるくると捻られ、下腹部に快楽の熱が籠《こ》もっていく。

呼吸が浅くなり、全身の肌がじわりと汗で湿る。疼いた胎《はら》の奥から蜜液がブワリと溢れ出すのが分かった。浅葱の愛撫《あいぶ》を自分の肉が歓喜しているのを感じて、満足ともどかしさを同時に感じた。浅葱の手も指も、唇も、全部気持ち好《い》い。全部もっと欲しくて堪《たま》らなかった。

「浅葱……浅葱、お願い……！　もっと来て……もっと近くに、欲しいの……！」

肌と肌を密着させ、粘膜を絡ませ合って、これ以上はないほど近くにいるというのに、まだ足りない。

手を伸ばして訴えると、浅葱は欲望にギラついた目を細め、咲良の身体をぐるりとひっくり返した。

「きゃ……！」

いきなりうつ伏せにされて驚いていると膝を曲げ、尻を上げさせられた。

「え……？」

まるで浅葱に向かって尻を突き出しているかのような体勢になって、狼狽《うろた》えて首を反らして背後を振り返る。だが後ろを見るより先に、脚の付け根に生温かく濡《ぬ》れた感触がして悲鳴をあげた。

「きゃあっ！」

なんと四つん這《ば》いになった咲良の秘所に、浅葱が顔を埋めていた。

浅葱は指で花弁を割り広げ、滴《したた》る愛蜜を舌で舐《な》め取りながら、指で陰核をくるくると刺激してくる。

「ぁっ、んっ、……ああっ、ぁ、やぁっ、それ……気持ちい、浅葱、ぁあッ」

いつの間にか泥濘《ぬかるみ》には指が挿《さ》し入れられて、隘路《あいろ》の蜜襞の中を蠢《うごめ》いていた。男の骨張った指の関節が柔らかい襞を擦《こす》るたびに、ずくん、ずくん、と鈍い疼きが腹の奥へと響く。

「ああ、すごいな。咲良ちゃんの中、もうこんなに柔らかくてぬるぬるだ……」

熱に浮かされたような浅葱の声がして、尻の肉に頬擦《ほおず》りされる。そんなところに頬擦りなんかしないでほしいと思うのに、浅葱の唇や鼻先で肌を撫でられると、それだけで感じてしまうのだ。

(ああ、浅葱……浅葱……)

番《つがい》が自分に触れている。そう思うと、お腹の奥がキュウッと軋《きし》み、疼きがますます大きくなっていく。

まだ足りない。もっともっと、浅葱を近くに感じたくて堪らなかった。

「浅葱、お願い、もう、来て……!」

後ろに首を捻り、哀願するように訴えると、浅葱が唸《うな》り声をあげて覆《おお》い被さってくる。

「あああああッ、もう、そんなに煽《あお》られたら、手加減とかできないからねッ!?」

叫《さけ》ぶように言って、浅葱が背中を包み込むようにぎゅっと抱き締めてきた。浅葱の体温を全身で感じて、どうしようもなく愛しさが込み上げる。

幸せで泣きたい、なんてことがあるなんて、今まで知らなかった。

「好き……浅葱、大好き」

「咲良ちゃん、愛してる」

お互いに堰《せき》を切ったように愛を告げ合いながらキスをする。後ろに首を捻ってするキスは苦しかったが、それでも浅葱とキスがしたい気持ちが勝った。

蜜口に熱く硬いものが押し当てられた。剥《む》き出しの屹立《きつりつ》がグッグッと捩《ね》じ込まれていく感触に、咲良の全身が総毛立つ。媚肉を掻《か》き分けるようにズブズブと浅葱の雄《おす》を埋め込まれるたび、内側から自分が塗り替えられていく。浅葱の熱杭は火傷《やけど》しそうなほど熱く、自分の胎の中でその形をくっきりと感じられた。

自分の中に浅葱がいるこの感覚に、自分の肉の全てが喜びに泣き叫んでいるのが分かる。

やがて硬い亀頭が最奥まで押し込まれると、浅葱は動きを止めて咲良の身体をぎゅっと抱き締めた。

挿入する方も体力を使うのか、呼吸は熱く乱れ、背中に感じる鼓動は速く力強かった。汗ばんだ肌が愛おしくて堪らなくて、咲良は手を伸ばして浅葱の肩に触れる。

「……咲良ちゃん、痛みは？」

問われて、咲良は首を横に振った。

破瓜《はか》の際には痛みを伴うのが一般的だが、オメガはその例に漏《も》れることが多いらしい。生殖に特化した性別であるせいなのか、性行為で苦痛をあまり感じず、快感を拾いやすいと言われている。

「大丈夫、全然痛くない。すごく気持ち好《よ》くて、幸せ……」

うっとりとそう答えると、浅葱が悶絶《もんぜつ》するように顔を顰《しか》めて呻《うめ》いた。

「あああ……！　どうしてそんな可愛いことばっかり言うんだよ……！」

叫ぶように言うなり、浅葱は奥まで嵌《は》め込んだ怒張《どちょう》を引き抜いたかと思うと、再び根元まで叩き込んだ。

「ヒァアッ！」

子宮口を叩かれ、重怠《おもだる》い痛みに咲良は悲鳴をあげる。だがそれは痛みというよりは疼きに近く、何度も突き上げられるうちに快感へと変わっていった。

浅葱は箍《たが》が外れてしまったのか、まるで嵐のような速さでガツガツと穿《うが》ってくる。張り出したエラに媚肉が何度も抉《えぐ》られ、襞を擦《こす》られると、トプトプと愛液が溢れ出して浅葱の抽送を助けた。雄の肉に掻き回され泡立った愛蜜が、接合部から溢れてボタリとシーツの上に流れ落ちる。

浅葱の勢いに翻弄《ほんろう》され、快感に引き出された生理的な涙が頬を伝った。

快楽に溺《おぼ》れかけながらも、咲良は必死に自分の望みを告げる。

「ああ、あさぎ……あさぎ、お願い、首、噛んで……！　私を、浅葱の番《つがい》にしてぇ……！」

哀願と同時に、唸り声が聞こえて、項に鋭《するど》い痛みを感じた。

その瞬間、咲良は雷に打たれたような愉悦に浚《さら》われ、全身を痙攣《けいれん》させながら絶頂へと飛ぶ。

四肢が引き攣《つ》り、胎の中の浅葱をぎゅうぎゅうと締め上げるのが分かった。

「ウグゥッ！」

咲良の項に噛みついたまま浅葱が獣《けもの》のように唸り、咲良の最奥で爆《は》ぜる。

ビクン、ビクン、と肉棒が跳ね、子宮の入り口目掛けて勢いよく精が浴びせかけられるのを感じながら、咲良はゆっくりと目を閉じたのだった。

＊＊＊

『それで、結婚式はいつにするの？』

電話の向こうで、妹の麻央《まお》がウキウキとした声で訊《き》いてきた。

「ええと、多分来年かなぁ。籍はもう入れたし一緒に住んでるから、結婚式は要らないかなって私は思っていたんだけど、浅葱がどうしても私のウェディングドレス姿を見たいって言うから……」

訊かれたから答えただけなのに、麻央は「うへぇ」とうんざりした声をあげる。

『もう～新婚さんだからって、そこまで思い切り惚気《のろけ》ることないと思うよ、実の妹には！』

「えっ、べ、別に惚気てるつもりは……！」

心外である。

だが麻央にはさらに呆《あき》れられてしまった。

『無自覚か。一番タチ悪いやつじゃん』

「えええ……」

ちょっと、ひどくないだろうか。たとえ惚気だったとしても、結婚してまだ一ヶ月の新婚さんなのだから、大目に見ていただきたい。

『まあ、どうなることかと思ったけど、勘当もされず、浅葱くんと無事に番《つがい》になれて良かったよ～！　こっちがヒヤヒヤしちゃったわ』

「本当だよね。ご心配おかけしました」

『で、結局咲良ちゃんがお嫁に行くの？　浅葱くんがお婿に来るんじゃなくて？』

麻央の言わんとしていることを察して、咲良は神妙に頷《うなず》いた。

「そう。浅葱は婿入りしてもいいって言ってくれたから、ママにもそう言ったんだけど、〝何言ってるの。浅葱くんは平原《ひらはら》さん家《ち》の跡取り息子でしょうが。小清水さん家《ち》が奪ったら末代まで祟《たた》られちゃう！〟って言われてね……」

『ええ～……ってことは、小清水の跡取りは、私ってことかぁ……』

声のトーンが落ちた麻央に、咲良はなんとなく申し訳なくなってしまう。

小清水の跡取りを決めるのは、咲良ではなく母だ。だから自分のせいではないのだが、麻央が小清水家を継ぎたいと思っていないのはなんとなく察していたのだ。

「なんか、ごめんね、麻央ちゃん……。私が継げたら良かったんだけど……」

『え、やだな。咲良ちゃんのせいじゃないでしょ。私も面倒くさいな～ってくらいの感覚で、別にどうしても継ぎたくないってわけじゃないから。気にしないで！』

電話の向こうで麻央が慌てたように言ってくれたので、少しホッとする。

「そうなの……？」

『そうだよ。私だって、お家《うち》大好きだもん。ママとパパが望むんだったら頑張るくらいの気概はあるよ。まあ、そんなことより、お腹の赤ちゃん！　いつ予定日？』

はしゃいだ声に、咲良は苦笑した。

「やだ、さっき検査薬で印が出たってだけで、まだ病院に行ってないから分からないわよ」

『そっかぁ。でも、咲良ちゃんと浅葱くんの子だもん。めちゃくちゃ可愛いんだろうなぁ～！

予定日分かったら、すぐに教えてね！』

「はいはい」

『あ、そろそろレッスンに行かないと！　浅葱くんによろしくね！』

「はーい」

相変わらず忙《せわ》しない妹との通話を終え、咲良はまだ平らなお腹をそっと撫でた。

ここに、浅葱との子がいるのだと思うと、胸の中に温かい幸福が広がっていく。

お腹を撫でる咲良の手に、大きな手が重なった。咲良を背後から包み込むように抱いてくれていた浅葱が、幸せそうに目を細めて咲良のお腹を見つめている。

「幸せだね、咲良ちゃん」

「うん。ものすごく、幸せ。愛しているわ、浅葱」

「僕も、愛してる」

あとがき

こんにちは。春日部こみとです。

オメガバースシリーズ第三弾、いかがだったでしょうか。

今作の主人公は、三女の咲良ちゃんです。お相手は、幼馴染みのワンコ系男子にしてみました。ワンコ系男子は、私にとってわりと書きやすいタイプなので、とても楽しく書かせていただきました。皆様にも楽しんでいただけますように……！

今回も、表紙を飾ってくださったのは森原八鹿先生です！　表紙のラフをいただいた時に、咲良ちゃんと浅葱くんが、あまりにイメージぴったりすぎて叫びました！　凛々しい咲良ちゃんと、甘い雰囲気の大柄ワンコの浅葱くん、最高です。素敵な表紙をありがとうございます！

毎回ご迷惑をおかけしております、担当編集者様。いつも的確なアドバイスをありがとうございます！　担当様のおかげで、今回も刊行することができました……！　本当にいくら感謝しても足りません……！

この本を刊行するにあたって、ご尽力くださった全ての方に感謝いたします。

そして、ここまで読んでくださった全ての皆様に、愛と感謝を込めて。

春日部こみと

ルネッタブックス

オトナの恋がしたくなる♥

俺からお前を奪う奴は殺す

ティーンズラブオメガバース
運命の愛に導かれて…

ISBN978-4-596-52490-4　定価1200円＋税

婚約破棄された令嬢ですが、私を嫌っている御曹司と番になりました。

KOMITO KASUKABE

春日部こみと

カバーイラスト／森原八鹿

オメガの羽衣には政略的に結ばれた幼馴染みの婚約者がいたが、相手に「運命の番」が現れ破談になる。新たに婚約者となったのは、元婚約者の弟で羽衣を嫌い海外に渡っていたアルファの桐哉だった。初恋の相手である桐哉との再会を喜ぶ羽衣だが、突如初めての発情を迎えてしまう。「すぐに楽にしてやる」熱く火照る身体を、桐哉は情熱的に慰めて…!?

ルネッタ🌙ブックス

オトナの恋がしたくなる♥

これ以上逃げない方がいいよ。
——監禁されたくはないでしょう？

蠱惑的なアルファの執愛に囚われて……

ISBN978-4-596-63650-8　定価1200円＋税

授かって逃亡した元令嬢ですが、腹黒紳士が逃がしてくれません

KOMITO KASUKABE

春日部こみと

カバーイラスト／森原八鹿

類いまれなる美貌を持つ母や優秀な姉と常に比べられ、オメガとして劣等感を抱く六花。失恋でヤケ酒をした夜、柊という男性に出会い強烈に惹かれる。貪るように互いを求め合い情熱的な夜を共に過ごす二人。翌朝、我に返った六花は彼の前から逃亡するが、その後妊娠が発覚。実家から勘当され、シングルマザーとして奮闘する六花の前に柊が現れて…!?

ルネッタブックス

オトナの恋がしたくなる♥

君のためなら死ねる
――そう言ったら笑うか？

ISBN978-4-596-70740-6　定価1200円＋税

結婚から始まる不器用だけど甘々な恋♥

〈極上自衛官シリーズ〉陸上自衛官に救助されたら、なりゆきで結婚して溺愛されてます⁉

MURASAKI NISHINO

にしのムラサキ

カバーイラスト／れの子

山で遭難した若菜は訓練中の陸上自衛隊員・大地に救助され一晩を山で過ごす。数日後、その彼からプロポーズされ、あれよあれよと結婚することに！　迎えた初夜、優しく丁寧にカラダを拓かれ、味わったことのない快感を与えられるが、大地と一つになることはできないままその夜は終わる。大胆な下着を用意して、新婚旅行でリベンジを誓う若菜だが…⁉

ISBN978-4-596-52022-7　定価1200円＋税

ルネッタ Ⓛ ブックス

高嶺の花の箱入り令嬢ですが、いつの間にか番犬幼馴染みに囲い込まれていました

2025年3月25日　第１刷発行 定価はカバーに表示してあります

著　者　**春日部こみと**　©KOMITO KASUKABE 2025
発行人　鈴木幸辰
発行所　株式会社ハーパーコリンズ・ジャパン
東京都千代田区大手町 1-5-1
04-2951-2000（注文）
0570-008091　（読者サービス係）
印刷・製本　中央精版印刷株式会社

ISBN978-4-596-72764-0